LA VIDA ES CUENTO

LA VIDA ES CUENTO

FERNANDO LIZAMA MURPHY

2022

ÍNDICE

CUENTO DE NAVIDAD

El 24 de diciembre a mediodía, se paralizaron las actividades en la oficina de contabilidad en la que trabajo, para que los funcionarios asistiésemos al salón de reuniones. Allí, los casi cincuenta empleados disfrutamos de un cóctel organizado por la gerencia, celebrando la Navidad. No faltaron los canapés, pastelitos, torta y otras delicadezas dispuestas por los jefes, acompañadas de champaña y bebidas. También nos repartimos los típicos regalos del amigo invisible.

Como siempre, las conversaciones giraron en torno a los temas habituales en las reuniones de oficina, con risotadas entre los hombres y comentarios relativos a la forma de vestir de la fulanita o a las conductas de la zutanita, por parte de las mujeres. No faltó el que con tono malicioso sacó a relucir el romance, tan "secreto" que todos conocían, entre el gerente y la nueva secretaria.

Como nos habían dado la tarde libre, cerca de las dos comenzaron los intercambios de abrazos de despedida y los deseos de una feliz Navidad. En ese momento se acercó a mí Inostroza, un empleado muy retraído que llevaba algunos meses trabajando en la empresa y que siempre permanecía como distante. Pensé que venía a desearme parabienes y lo abracé con entusiasmo, como si fuésemos viejos amigos, mostrando que también me sentía parte del espíritu navideño.

Debo decir que todo lo que sabía de este compañero de trabajo era lo que estaba a la vista. Que era bajo, de unos cuarenta años, muy delgado, de pelo crespo y ojos oscuros.

De su vida, lo desconocía todo y me imaginé que a él con la mía, le pasaba lo mismo. Pero era otro tema el que quería conversar conmigo.

—Fernando —me dijo— yo sé que nos conocemos poco y que si aceptas lo que te voy a pedir, voy a alterar toda tu celebración, pero necesito un favor.

Lo miré extrañado. —¿Por qué me elige a mí, si apenas nos conocemos?— me pregunté. Pero algo en su mirada me hizo decir:

—Dime, de qué se trata.

Con eso abrí la puerta a una de las historias más extrañas que me han ocurrido.

—Resulta que mi madre, que tiene 84 años y está desde hace mucho tiempo postrada, padece de una forma de demencia senil que la va, poco a poco, regresando al pasado. Hace un par de años era una adolescente, ahora es una niña de unos cinco años.

—¿Y…?

—Le escribió una carta al Viejo Pascuero…

Diciendo esto me pasó una hoja de cuaderno en la que se podía leer, escrito con una caligrafía muy delicada, de esas de antaño y que para nada era la de una niña de cinco años:

Querido Viejito Pascual:

Te escribo esta carta para pedirte que para Navidad me traigas un oso de peluche de esos que tienen un corazón en los brazos que dice "Te amo". Yo me he portado bien todo el año para que tú me des ese regalo.

Muchas gracias y saludos a los gnomos que te ayudan a fabricar los juguetes y a los renos que te trasladan por el cielo para hacer felices a los niños como yo.

Me quedé mirando a Inostroza sin saber qué decir.

—Como tú eres alto y macizo, te quiero pedir que te disfraces de Viejo Pascuero y le lleves el regalo a mi madre. Lo haría yo, pero como puedes ver, mi contextura no es precisamente la más adecuada.

Pensé en mi mujer, en mis dos hijos, en nuestra costumbre de asistir en familia a la misa del gallo, a la que mi señora partía antes con los niños para que yo me quedase poniendo los regalos en torno al árbol. Pensé en mis padres ya fallecidos, en que quizás si me atrasaba mi señora se llevaría un disgusto. En fin, una procesión de situaciones, recuerdos y añoranzas, viajaron por mi mente en unos segundos que seguramente a Inostroza le parecieron interminables. Como no le daba una respuesta, me dijo:

—Si no puedes no importa, yo sé que tienes a tu familia y no me gustaría causarte algún conflicto.

Pero le dije que sí y en pocos minutos estaba en el baño de la oficina poniendo sobre mis ropas el disfraz de Viejo Pascuero que Inostroza había arrendado para la ocasión. El calor de diciembre es sofocante y nunca me imaginé el tormento que es para esos hombres que se ganan unos pesos en estas fechas, disfrazados.

Poco después salimos en mi automóvil con rumbo a un barrio que yo desconocía y nos detuvimos frente a una casa que mostraba que tuvo tiempos mejores. Desde la calle se veían titilar en el interior las luces de una guirnalda en el árbol navideño.

Inostroza, que permaneció en el auto, me dijo

—La habitación de mi madre es la segunda puerta a mano derecha. Como puedes ver desde aquí, a la entrada está el árbol de pascua donde encontrarás un único paquete. Es su oso de peluche.

No sé de dónde me salió, pero al entrar al dormitorio dije el ¡Jojojo! tan fuerte, que la anciana despertó de su sopor y abrió unos ojos desmesurados mientras se llevaba ambas manos a la cara, sin disimular su asombro. Era evidente su desmejorada salud, pero sacó fuerzas de flaquezas y se irguió en la cama:

—¡Viejito Pascual! — dijo con una voz apenas audible, en un tono que me llamó la atención, porque parecía imitar una voz infantil.

Me senté a su lado y comencé a acariciarle el cabello cano y desgreñado. Ella se acurrucó contra mí y la sentí llorar. Me imaginé que de alegría, aunque a mí también me salieron unos lagrimones. Recordé que nunca tuve a mi madre en los brazos como ahora lo hacía con una extraña. Hice el ademán de tomarla para llevarla en volandas hasta el árbol, pero ella me interrumpió:

—¡No! Yo puedo sola.

Se sentó a la orilla de la cama y se puso de pie. Tambaleaba y temiendo que se fuese a caer, la tomé de un codo y acompañé su pausado caminar hasta llegar al sitio en que se encontraba el regalo. Le acerqué una silla para que se sentara y lo abriese con tranquilidad. Lo hizo con la delicadeza que solo los ancianos ponen en sus acciones, evitando romper el papel. Cuando apareció el oso, lo abrazó como seguramente lo hizo con sus hijos recién nacidos, con una ternura conmovedora. Pasados unos minutos, me miró con cara suplicante y me dijo:

—Viejito ¿me puede regresar a mi cama?

Ahora si la tomé en volandas y la deposité en su lecho. Pronto dormía abrazada a su oso.

Una vez en el auto, me despedí de Inostroza y continué viaje hasta mi hogar disfrazado de Pascuero. Había decidido darle una sorpresa a mi familia, que disfrutó con mi humorada.

Me saqué el disfraz, me vestí adecuadamente para ir a la misa del gallo. Como siempre, mi señora y los niños me precedieron, mientras yo acomodaba los paquetes en torno al árbol.

Una vez en la iglesia, le di gracias al Niño Jesús por esa inmejorable oportunidad de brindar amor que puso en mi camino.

MUERTE A PEDIDO

La puerta se entreabrió levemente. Un ojo de mujer se asomó.

—¿Qué desea?

—Busco a don Eustaquio, usted sabe, el que ayuda a partir...

—¿Para qué sería?

—Tengo una tía abuela. Lleva dos años de agonía. Está en un hospicio.

—¿Hay problemas de herencia?

—No. Ya no tiene nada, todo se lo han llevado los doctores, los remedios y los hospitales.

—En este papel anote su nombre y su teléfono. Él lo va a llamar.

La puerta se cerró. Dos días después, recibí el llamado.

—Habla Eustaquio. Usted me dejó este número con la casera.

—Necesito que hablemos para un trabajo. Se trata de una tía abuela...

—Sí, eso ya lo sé. ¿Dónde está?

—En el hospicio "Los Tulipanes", camino a Talagante.

—Lo conozco, he hecho otros trabajos ahí.

—¿Cuánto me va a costar?

—Cinco millones

—¡Cinco millones! ¿No le parece mucho?

—Lo toma o lo deja. En todo caso, usted gasta mucho más en medicinas, médicos y clínicas.

—Tiene razón. ¿Cómo se los pago?

—Por adelantado. Le digo dónde debe dejar la plata, la recibo y actúo, no antes.

—¿Y se falla?

—Nunca ha ocurrido, pero ya le dije, lo toma o lo deja.

—¿No sufrirá?

—Nada, es un proceso rápido e indoloro, Es el mismo que usan en los países europeos que aprobaron la eutanasia, con la ventaja que no deja ninguna huella. Si le hacen la autopsia, dirá que fue muerte natural. ¿Qué edad tiene su tía?

—Ochenta y cuatro. Ya lleva dos años sin conocer a nadie y ahora último se ha agravado. Del hospital la enviaron al hospicio porque ya no tenían nada más que hacer, y ahí está, con cuidadora día y noche, llena de tubos y medicamentos.

—¿Probó sacándole los tubos?

—La tuve tres días sin apoyo ni cuidadora y ahí sigue.

—Lo llamaré nuevamente mañana para que ambos lo pensemos. Ahí le pediré una serie de datos y si acepto la misión, le diré cómo debe hacerme llegar el dinero.

—¿Cuándo nos reuniremos?

—Nunca. Usted nunca me verá, pero si llegamos a acuerdo, lo mantendré informado.

—¿Lo puedo llamar a este número, si usted no me llama?

—Es un teléfono público. Nunca conocerá mi número ni mi verdadero nombre.

La llamada se cortó y quedé desconcertado. Una amiga me había recomendado a Eustaquio —ahora sabía que no era ese su nombre— y me dijo que le había solucionado un problema con su abuelo. Pero entregar esa cantidad de dinero a una sombra, sin tener la certeza de que cumpliría su parte del compromiso, me parecía arriesgado. Mi situación económica no resistía más derroches.

Por otra parte, ya estaba harto de los desembolsos que me significaba la tía Elsa. Era un tonel sin fondo y no me quedaba cuero que estirar. Del resto de la familia, todos opinaban pero nadie ponía ni uno. —*Están convencidos de que soy millonario. No saben que estoy en la ruina*— Ahora tendría que ser distinto porque yo no tenía cómo reunir esa suma sin la colaboración de otros parientes.

Cité a una reunión familiar y luego de muchos y desagradables regateos, logré el compromiso, firmado en un papel cualquiera, en el que cada uno de los asistentes se comprometía con una cantidad.

Cuando sonó el teléfono, no vacilé al responder que sí. Nos pusieron de acuerdo en la forma en que le haría llegar el pago y en una semana, máximo, tendríamos el problema resuelto.

—No se preocupe de nada— me dijo Eustaquio— de la clínica lo llamarán cuando todo haya concluido, para que se haga cargo de los funerales.

—Don Eustaquio, ¿me permite una última pregunta?

—Hágala, veré si la puedo responder.

—¿No siente remordimiento?

—¿Y usted? Yo soy el mero ejecutor de sus órdenes. El autor intelectual es usted. Ha habido casos en que los familiares, después del hecho, se han arrepentido y han pretendido endilgarme la autoría del crimen. Les ha salido el tiro por la culata. Primero, porque he resultado inubicable. Me han dejado cartas con la casera y los llamo para decirles lo mismo que le digo a usted. El criminal no soy yo, son ustedes. Yo hago lo que ustedes son incapaces de hacer. En todo caso y para responder su pregunta, en una oportunidad sentí remordimiento. Fue un muchacho de diecisiete años, accidentado en motocicleta. Si sobrevivía, lo haría en estado vegetal. Me lo encargó el padre a espaldas de su madre. Me costó mucho tomar la decisión, pero me puse en el pellejo del niño y decidí actuar. Hasta hoy, cuando lo recuerdo, me asaltan dudas de si hice lo correcto y muchas veces he estado a punto de abandonar mi oficio. No es grato ser verdugo de nadie… en las circunstancias que sea.

—Gracias por su franqueza.

Me costó reunir el dinero. Muchos, al momento del desembolso, intentaban retractarse, pero al final y poniendo casi la mitad del monto por aquellos que aseguraron que pagarían cuando el asunto estuviese concluido, dejé el maletín con el dinero en una casilla de supermercado.

Cuatro días después, a las tres de la madrugada, recibí el llamado del hospicio. La tía había muerto.

Cuando ya todo hubo concluido, ninguno de los deudores se acordó de devolverme ni un peso. Pero lo intuía. Como siempre ocurre en estos casos, todos opinaron pero se escurrieron al momento de dar la cara. Y yo, para completar los cinco millones, me encalillé hasta la coronilla porque necesitaba matarla para que ella no me matara de hambre. Y ahora el problema, que parecía resuelto, resurgía frente a la presión de los prestamistas.

Entonces me acordé del tío Humberto, que asistió al funeral y se hizo el loco con lo que le correspondía pagar. El tío Humberto, ese solterón empedernido y millonario, estaba muy sano, pero si moría pronto, podría dejar una suculenta herencia.

Al día siguiente visité a la casera de Eustaquio.

LA SEÑORA AMANDITA

Ellos querían echarme la culpa, pero a la señora Amandita la condenaron sus hijos. Cuando recién enviudó, los tres la visitaban casi todos los días, claro que, como si se pusieran de acuerdo, llegaban a distintas horas y siempre salían con algo. ¿Te acuerdas, mamá, de ese anillo de esmeraldas que te trajo el papá de Colombia? ¿Por qué no me lo das para la María Paz que sale de cuarto medio? O, ¡qué se vería bonito ese cuadro de Pacheco Altamirano en el living de mi casa! Y así, todos los días se llevaban algo.

Un día yo le dije –señora Amandita, estos hijos suyos la van a dejar en la cuerera- y ella se rio. –No me voy a llevar nada para el cementerio, Ramira. –Yo le digo, no más. La pensión que le dejó el finado don Artemio, Dios lo tenga en su gloria, no es ná tan buena, así que si un día se enferma, ni Dios lo quiera, y tiene que echar mano a las cosas para parar la olla, ya no le va a quedar ná – la pobre señora me miraba y . se encogía de hombros.

Yo me atrevía a decirle esas cosas a la señora Amandita porque llegué a esa casa cuando tenía doce años. Empecé como ayudante de la cocinera y estoy por cumplir sesenta y cuatro. Así que algunas cosas se las podía decírselas. Lo mismo que a los chiquillos. Un día cuando estaban los tres juntos, frente a la patrona les dije –ustedes parecen jotes esperando que su señora madre se convierta en cadáver para robarle todo. –Yo estaba muy enrabiada.

De ese día para adelante la señora Amandita no les dio ni una cosa más a esos hijos mal agradecidos. Y dejaron de venir. Durante harto tiempo no se vio a ninguno por la casa.

Después de eso, la patrona alegaba por todo, que nadie la venía a ver, que la pensión de don Artemio no se reajustaba casi ná y que la plata le alcanzaba cada día menos, que los remedios estaban tan caros, en fin. Estaba siempre como enojada. Cuando ya llevaba tres meses sin pagarme el sueldo le alegué yo y le dije que le pidiera plata a sus hijos porque si bien no me faltaba la comida, estaba sin escobilla de dientes, ya no me quedaban ni calzones, las medias tenían todos los puntos corridos y una de mis dos camisas de dormir la convertí en estropajo de lo mala que estaba. Necesitaba mi platita pa comprarme ropita, más que fuera. Llamó a sus hijos y ellos le dijeron que no tenían, que me echara a la calle más mejor y ella les respondió que quién la iba a cuidar si no estaba yo. La cosa es que se enojó tanto que llamó a un señor amigo, que tenía una casa de antigüedades y él le compró todo y la señora me pagó mi sueldo y hasta le quedó harta plata pal bolsillo.

Cuando uno de los chiquillos, el menor, que era el más pedigüeño, apareció por la casa y la encontró casi vacía, se enojó mucho y llamó a sus hermanos y entre todos le quisieron hacer una encerrona a la señora Amandita y le dijeron que les entregara la plata a ellos porque ella no le sabía el valor del dinero y que hasta capaz que yo le robara. ¡Serán malagradecidos! No sabían ná que yo había acompañado a la patrona hasta el banco y que ella hizo unos malabares de esos que se hacen en los bancos y le entregaban una cantidad todos los meses.

Cuando supieron, los niños estaban como endemoniados, fijesé. Estaban tan enojados con ella, que querían llevarla al tiro al banco para que deshiciera el negocio pero ella esa vez se puso firme y les dijo que no. Que estaba aburrida de mantenerlos y que ya estaban viejos como para que cada uno se ganara sus porotos, les dijo y ellos se ponían más furiosos y me echaron la culpa a mí, que yo le llenaba la cabeza de pajaritos a su mamá, que por eso ella se había puesto así de tacaña y que qué sacaba con llevarse la plata al cementerio, que a su edad era el único camino que le quedaba, en lugar de ayudar con la educación de sus nietos. Al final dijeron que iban a contratar un abogado para que la declarara loca. Usaron otra palabra… inter no sé cuantito, pero yo me di cuenta que querían decir eso. Por suerte soy bien avispada, fijesé. La señora Amandita lloraba, pero no dio su brazo a torcer.

Fue en ese mismo momento cuando le dio el ataque al corazón, fijesé. Si no es porque yo llamé al hospital, la señora se muere ahí mismo. Pero alcanzó a llegar la ambulancia, le conectaron esos aparatos que usan ellos, pero se murió igual. No se imagina usted cuánto lloré la partida de mi patrona. Nos queríamos mucho, porque el día que fuimos al banco, me abrió una cuenta para mí también y allí me depositaban todos los meses el sueldo y dejó dicho que cuando ella se muriera, me traspasaran una cantidad por los años de servicio. La cosa es que yo quedé arreglada; para qué le voy a decirle una cosa por otra.

Después del funeral se juntaron los tres en la casa a decidir el tema de la herencia y peleaban entre ellos y discutían y yo escuchaba que hablaban mal de mí y como no sabían la movida que hicimos en el banco con su mamá, hasta me amenazaron con que no me iban a pagar los años de servicio porque yo era la culpable de la muerte de la señora Amandita, porque le llenaba la cabeza de ideas revolucionarias, aprovechándome de que la vieja, así dijeron, la vieja, imagínese, estaba medio cucú y que eso le había debilitado el corazón. Imagínese. Yo de revolucionaria. Ya me veo tirando piedras en la calle. Con la pena que tengo, hasta me da risa lo que dijeron esos niños tontos.

Cuando se pusieron en la buena entre ellos, de malos modos, como si yo fuera cualquier cosa, me pidieron que les llevara jugo y yo no hallé ná mejor, que echarle pichoga. Casi se fueron por el wáter los malagradecidos esos.

A mí, que les cambié pañales, que les enseñé a caminar, que les leía cuentos en la noche, venirme a tratar de sinvergüenza y de revolucionaria. No le aguanto a nadie que me falte el respeto, ni tampoco que se lo falten a la señora Amandita.

Así que tomé una maleta vieja, eché mis cosas y salí sin despedirme. Me voy para El Tabo. Ahí un sobrino me levantó una cabañita que pagué con esa plata que, durante un montón de años, me dejó don Artemio en el velador de mi pieza.

SETENTA AÑOS Y UN DÍA

Ayer Manuel cumplió setenta años y lo celebraron solos junto con Isabel, su mujer. Recordaron a los hijos, que ese día llamaron por teléfono para saludar y justificarse porque ninguno podría estar junto a su padre. También hicieron recuerdos de los nietos, de sus gracias y de cómo crecían. No olvidaron a los amigos que fueron quedando en el camino. Renacieron todas aquellas evocaciones que tanto los alegraban y que surgían espontáneas para esas fechas. Bebieron un par de copas de vino y cenaron un trozo de carne con ensalada y arroz graneado. Una pequeña torta, confeccionada por ella e iluminada con una gran vela, coronó la íntima fiesta. Rieron mucho, como si con esa risa, a ratos forzada, pudiesen llenar el silencio hostigoso que se apoderaba del ambiente cuando callaban.

A las doce, luego de ver algo de televisión y después de mucho tiempo sin hacerlo, se dieron el beso de las buenas noches antes de quedarse dormidos juntos, también después de mucho tiempo. Ayer tampoco discutieron, algo habitual en el último tiempo y por las más insignificantes razones.

Hoy desayunaron e Isabel entró al baño. Cuando salía escuchó la voz de su marido que, desde la puerta, gritaba:

—¡Voy al contenedor de la esquina a dejar la basura!

Desde la ventana de su dormitorio lo vio salir, pero le llamó la atención el tamaño de la bolsa plástica negra que portaba. Era demasiado grande; no recordaba que hubiese tantos desperdicios. A medio vestir y con el pelo mojado, se dirigió a la cocina. Ahí estaba la bolsa, tal como quedara anoche. Sintió una opresión en el pecho. Revisó los cajones de Manuel. Faltaba mucha ropa.

Se cubrió con la bata lo más rápido que pudo, salió a la calle y miró hacia el contenedor; él no estaba. Giró su cabeza en todos los sentidos mientras entrecruzaba los dedos, apretaba los labios. Con los ojos entrecerrados para poder fijar la vista, observó el entorno. Cualquiera de los puntos negros que circulaban por el sector podría ser, pero ninguno era su Manuel, el único hombre en su vida. Después de tantos años juntos, aún con sus incipientes cataratas lo hubiese distinguido entre la multitud.

Con la angustia desbordándola, regresó al dormitorio, se sentó en la cama, tomó su celular y marcó el número de él. El rin-rin sonó a sus espaldas, dentro del velador.

DÍA DE TAXI

Sales de madrugada y pones la canción "Luis", de Franco de Vita, que es como tu canción nacional. Todos los días es igual. Es la melodía que te identifica, la que te recuerda que aunque conduzcas un auto último modelo, no es tuyo, que cada día deberás rendir cuentas al patrón, que la pobreza seguirá campeando en tu casa.

Sabes que nuevamente llevarás pasajeros al aeropuerto que surcarán un cielo que estás condenado a mirar desde abajo y lleno de smog, que verán colchones de nubes que solo conoces por TV. Sabes que trasladarás a personas que en sus maletines portan miles de pesos, cifras que ni en tus mejores sueños logras imaginar. Sabes que en casa queda la Florencia, tu mujer, tan buena, tan cariñosa, tan comprensiva que te salió, haciendo milagros para cocinar, porque pagas un cerro de cuentas y un colegio mejor que la escuela pública para tus hijos, porque la máxima aspiración es conseguir que ellos superen la vara, harto baja por lo demás, que ustedes están dejando.

También sabes que tus hijos, por el barrio, por las juntas o porque ustedes no los cuidan como es debido, tienen malas costumbres, que fuman marihuana, beben cerveza y que parece que roban en las tiendas, porque les has visto zapatillas de cien mil que jamás les podrías comprar y ellos te han explicado que las consiguieron por un cuarto de su precio con unos amigos, lo mismo que el iPhone. Prefieres hacerte el huevón y aceptar la mentira para evitar conflictos familiares.

Por eso, cuando se sube esa mujer modesta, con una niña enferma y te pide que la lleves al hospital, que durante el viaje te cuenta que la niña está con vómitos y dolor de guatita, que no sabe qué tiene, que le dio agüita de paico con ruda, pero que no se le pasa y que parece que tiene mucha fiebre, apuras el auto, llegas pronto y decides no cobrarle la carrera porque es más miserable que tú. Quizás qué otros problemas tiene la pobre mujer; siempre hay alguien más cagado que uno.

Reinicias el camino buscando otro pasajero que te permita ganar las primeras monedas del día cuando te hace parar un joven de terno con corbata que te cuenta que va un poco atrasado a una entrevista de trabajo, que anoche le costó quedarse dormido porque está muy nervioso, que estudió periodismo y lleva un año golpeando puertas. Ve la imagen de san Cristóbal que tienes en el tablero, el rosario que cuelga del espejo y te pide que reces por él porque necesita urgente esa pega y ahora sí que le cobras cuando lo dejas en un edificio, porque no eres institución de beneficencia y le deseas buena suerte.

No alcanzas a circular dos cuadras cuando te detiene una señora muy elegante que, con el tono perentorio de las mujeres pitucas, te exige que la lleves a una dirección y que por favor no le metas conversa porque no está de ánimo, pero ella inicia el diálogo con el viejo argumento de que lindo está el día y tú no respondes, para complacerla, pero ella insiste ¿no le parece? Le dices que sí que pese a ser invierno, el día parece primaveral y bajas por Apoquindo, sigues por Providencia hasta Pedro de Valdivia, doblas a la izquierda hasta la calle que ella te señala, se baja y te dice que porque la trajiste en un muy buen tiempo, te va a premiar y te entrega doblado un billete de veinte mil. Tú le dices que no gracias, que sólo cumpliste con tu deber, pero ella insiste y te dice, mirándote con sus grandes ojos celestes, cautivadores, si podrías volver por ella a las cuatro de la tarde y le respondes que bueno, ¡cómo te vas a negar con una mujer tan generosa! La miras detenidamente y está estupenda por todos lados pero te dices agua que no has de beber, déjala correr. Es una mujer madura muy bien conservada.

Te salen varias carreras más antes de la hora pactada y cuando llegas, no está en el sitio acordado, por lo que buscas donde estacionar, te bajas y caminas una cuadra al lugar del encuentro. La esperas largo rato hasta que aparece rengueando, toda desgreñada, golpeada, le sangran una ceja y la nariz, le preguntas qué le pasó y ella te recuerda que te dijo nada de preguntas ¿dónde está el auto? lo tuve que estacionar porque usted no salía, pero está cerca, lo traigo al tiro y corres. Cuando regresas te pide que la lleves a la Clínica Santa María y la estás acomodando en el asiento trasero, porque apenas se puede mover, cuando aparece un hombre joven que la comienza a increpar, la trata de puta de mierda, le dice que su lacho estará inservible por mucho tiempo y tú, que no puedes aceptar que a una dama tan generosa la traten así, le pones un combo en pleno hocico, se va de culo al suelo y cuando intenta ponerse de pir, lo pateas, te subes al auto, aceleras mientras ves que te hace gestos amenazantes con las manos y te imaginas que va en busca de su automóvil para perseguirte.

En el camino ella, muy nerviosa, rectifica y te dice que mejor la lleves a la Clínica Alemana. Tú, cómo usted diga, señora y sin que le preguntes nada, te dice llorando que no debiera contarte esto porque es algo muy personal, pero que le has inspirado confianza, que cree que te mereces una explicación y relata que el joven que la golpeó y la insultó es su hijo, que la sorprendió engañando a su padre, que alguien le tiene que haber dado el soplo de que ella tenía un amigo.

Tú como que no logras entender que una mujer como ella, tan hermosa, fina y delicada, engañe a su marido. La miras por el retrovisor mientras enciende un cigarrillo con la mano tiritona y no te atreves a decirle que está prohibido fumar. Te cuenta que su esposo lleva fuera del país más de un mes por viaje de negocios, que las pocas veces que la llama la trata con una frialdad que ella no cree merecer, que las cosas venían mal de antes, que seguro él tiene otra por allá y que de enrabiada se acordó de este amor juvenil, lo llamó por teléfono y este es el tercer encuentro que tienen. Los otros fueron en un discreto café, pero ahora estaban tomando el bajativo en el departamento de él cuando llegó su hijo, que pateó la puerta y la sacó a tirones, ¡mire cómo me dejó la ropa! y golpeó a su amante, lo tiró escaleras abajo, que no tiene idea de si le pasó algo porque el muchacho comenzó a pegarle a ambos con los puños y cuando ella salió huyendo, él regresó al interior del edificio.

—¡Qué vergüenza! venirme a pasar una cosa así a mí y el mal agradecido de mi hijo se olvida cuando lo pillé con la Meche, la doméstica, que tuve que pagarle el aborto, que no le dije nada a su padre porque acordamos que sería un secreto entre los dos y mire como me dejó, si me pegó con toda la rabia; a una madre no se le puede pegar así, por muy grande que sea la cagada que me haya mandado.

Tú le dices que sí, que tiene razón, aunque piensas que no sabes cómo reaccionarías si sorprendieras a la Florencia en brazos de otro y ahora que lo piensas bien, parece que el Juan le anda echando el ojo, porque ya va un par de veces que, justo cuando regresas a casa, él se va y la Florencia te ha salido con la excusa de que pedía un poco de azúcar y capaz que te estén cagando. Decides que en cuanto dejes a la señora en la clínica, vas a volver a tu casa, que le dijiste a la Flore que regresarías a comer, pero vas a llegar más temprano para sorprenderla, porque todas las mujeres son unas putas.

Poco a poco te vas enojando con la señora del asiento de atrás, porque ella hizo un voto de fidelidad cuando se casó y no lo está cumpliendo, que quizás el marido está con más pega que la cresta en el extranjero y por eso no le habla como ella quiere o tal vez el hombre sospecha que su mujer le pone los cuernos y desde lejos no le quedó otra que pedirle al hijo que la siguiera y la ajustara y la vieja caliente se lo caga con un amigo del colegio. ¡Bien que su hijo la haya zurrado! Porque él debe tener claro lo que está pasando con sus padres como para llegar al extremo de pegarle a la mamá. Tiene que ser muy re grande la embarrada que se mandó la vieja.

La dejas en la clínica, donde la reciben en una silla de ruedas y te pasa veinte mil que ahora tomas sin remordimientos ni explicaciones y rajas para tu casa porque capaz que pilles a la Florencia en flor de coloquio con el pelotudo del Juan, que se hace el huevón, pero se las trae el conchesumadre y ahí van a saber los dos cómo es Rogelio Navarrete enojado.

Y después, cuando les hayas dado su merecido, tomas el taxi y te vas donde la Teresita, tan rica ella, porque un hombre bien macho debe tener otra mina. Eso sí, cuidando que no lo pillen.

EL CADAVER DE LOS MONTENEGRO

Los Montenegro vivían justo al lado del sitio eriazo en el que apareció el cadáver mutilado de una mujer. Ese solo hecho los convirtió en sospechosos frente a la policía que los visitaba con frecuencia para interrogarlos. Pedro Montenegro, el jefe de hogar, protestaba por lo que llamaba la invasión policíaca. Alegaba que si no hubiese sido porque el "Cholo", su quiltro mestizo, se inmiscuyó en la batalla que se armó entre todos los canes del barrio para adueñarse de la presa, nada hubieran sabido. Alguien que pretendía perjudicarlos, les había dejado este macabro regalo en el terreno aledaño. Y tenía que tratarse de alguien de por ahí, porque no sintieron ruidos extraños la noche anterior, los perros no ladraron o si lo hicieron no fue lo suficientemente fuerte como para despertarlos.

Solo supieron del hecho cuando Juan Luis, su hijo menor salió por la mañana al colegio porque ahí si que se armó la zalagarda de perros y justo vio a uno con un brazo en el hocico. Aparte de vomitar hasta la cena de una semana antes, gritó tanto que todo el vecindario se asomó a puertas y ventanas para informarse de lo que ocurría.

Todos los dedos de los vecinos de la Villa Azul apuntaban a los Montenegro. Quizás porque tenían la casa más grande y la única con piscina, pero la verdad era que en el barrio no eran queridos. Karin, la dueña de casa, era la más resistida. Decían que era arrogante, y que le gustaba alardear de lo que tenía.

Ya nada distinto a lo que habían repetido hasta el cansancio podían aportar en estos reiterados interrogatorios policiales, pero los peritos de las distintas unidades insistían en sus preguntas y los periodistas no se hartaban de entrevistar a los vecinos, que comenzaron a llamar a la mujer mutilada el Cadáver de los Montenegro.

Como el cuerpo carecía de cabeza y de manos, su identificación debería hacerse vía examen de ADN, lo que tardaría un tiempo, aseguraron los peritos. El laboratorio más cercano estaba en la capital y era prácticamente el único en el país. Ya no daba abasto para atender tanta consulta.

El mismo día del hallazgo, buscando las partes extraviadas de la difunta o alguna pertenencia que permitiera acelerar el proceso de identificación, la policía inició la remoción de todo lo que encontraron en el sitio del suceso. Pero aparte de un refrigerador oxidado, un sofá convertido en nido de ratas, dos neumáticos lisos, una billetera carcomida con unas monedas de esas que ya estaban fuera de circulación, zapatos huachos de varios números y modelos distintos, condones con y sin uso y varios cadáveres de perros y gatos, no hallaron nada que les permitiera aclarar la identidad del Cadáver de los Montenegro. Lo único concreto que lograron fue que las ratas huyeran del sitio eriazo y buscasen refugio en las casas del sector, convirtiéndose en una plaga que costó meses exterminar.

Mientras tanto los policías, como si fuera el único misterio pendiente de solución, permanecían largas horas en la Villa Azul, preguntando por aquí y por allá por si alguien podía aportar algún antecedente que permitiera identificar a la mujer y a su o sus asesinos. Un esfuerzo inútil. Lo que sí lograron establecer con cierto grado de certeza fue la data de muerte, que la consignaron cuarenta y ocho horas antes.

Y las cosas siguieron empeorando para los peritos necrológicos porque el examen de ADN reveló que el cuerpo pertenecía a una ciudadana húngara de la que no existía ningún registro de que hubiese entrado al país. Incluso cuando a través de Interpol buscaron información en el país de origen, se encontraron con que la húngara era una campesina que habitaba en un remoto rincón magyar y estaba vivita y coleando en su país, cuyas fronteras jamás había atravesado.

Los expertos se tiraban el pelo. La infalibilidad del método del ADN había mostrado sus falencias y ya nada volvería a ser como antes. Y todo por culpa del Cadáver de los Montenegro. Las consecuencias de este chasco eran impredecibles.

Mientras tanto, en la oficina sus colegas se burlaban de Pedro Montenegro y le decían que devolviera las manos y la cabeza de la muerta; que ya estaba bueno de jugarretas y él, que tenía muy poco sentido del humor, muy pronto terminó trenzado a golpes con su mejor ex-amigo, junto a varios colegas más. Esto le significó una reprimenda de parte de su jefe y la amenaza de que si volvía a actuar de manera tan desmedida, sería despedido.

Los otros que pululaban por el sector como polillas cerca de una vela, eran los periodistas. Estaban más empeñados que los polis en desentrañar el misterio. Además de preguntar a cada transeúnte que se acercaba al sector, tomaban fotografías de todo. Se moviera o no.

Karin, la señora Montenegro que siempre fue buena para los negocios, comenzó a invitarlos a beber un vaso de refresco y luego les decía que sus declaraciones tenían un precio. Algunos periodistas, esperanzados en recibir una primicia, aceptaban pagar, pero salían defraudados. Al final, a todos les decía lo mismo. Les narraba cómo habían descubierto el cadáver, la impresión que se había llevado Juan Luis y la activa participación que había tenido el Cholo en el descubrimiento del cuerpo o de lo que quedaba de él, pero si querían fotos del niño o del perro, tenían que pagar aparte. Lo que sí negoció al margen y a un muy buen precio, fueron las fotografías de la muerta que tomó con su celular. Una revista sensacionalista se las pagó bien a cambio de la exclusividad. Pero Karin era demasiado avispada para los negocios y cuando recibió la visita de unos catedráticos de la Universidad de Leipzig, en Alemania, les vendió las copias que tenía guardadas en su computador, con el compromiso por parte de los compradores de usarlas solamente con fines científicos.

En todo caso el cobrar por las fotos y las entrevistas fue una solución al acoso periodístico. Pronto se corrió la voz y ya nadie insistió en entrevistarla.

Dos semanas después del hallazgo, a un pescador de una comarca distante cincuenta kilómetros de la casa de los Montenegro, le salió en la red una mano de mujer. Los exámenes permitieron establecer que se trataba de la extremidad derecha del Cadáver de los Montenegro. Pasó otro mes antes de que apareciera la cabeza carcomida en un basural de otra ciudad que quedaba a más de cien kilómetros del hallazgo original. La mano izquierda nunca apareció.

Con estos nuevos antecedentes los peritos pudieron establecer que la finada era Margarita del Carmen González González, natural de Pitrufquén, que se había trasladado a Villa Granate, localidad cercana a Villa Azul, seis meses antes para trabajar de mucama en un hotel, pero que la habían despedido porque los patrones descubrieron que sus pies olían demasiado fuerte y que eliminar ese olor del ambiente los obligaba a consumir grandes cantidades de desodorantes ambientales, elevando los gastos operacionales. Por esta razón Margarita se había visto obligada a ejercer la prostitución.

Como era bien parecida, muy pronto se convirtió en la favorita de los clientes del burdel que no le dieron importancia al problema de los pies y muchos de ellos, para evitarse el pago de la habitación, la invitaban a ejercer su oficio en un motel. Por eso, la dueña del lenocinio no tenía claro con quién había salido Margarita la noche de su muerte.

Los Montenegro estaban bien contentos porque suponían que ahora que la muertita tenía nombres y apellidos la gente comenzaría a llamarla por su verdadera identidad y dejarían de motejarla "El Cadáver de los Montenegro". Pero se equivocaron. Hay apelativos que sobreviven a cualquier situación, por contradictoria que sea respecto de la realidad y este fue el caso.

El que la pasó mal por mucho tiempo fue Juan Luis, el hijo que hizo el hallazgo del perro con el brazo en el hocico. Las pesadillas eran constantes y muy pronto se hizo recurrente en su agitada actividad onírica la presencia de una mujer alta y muy maciza, con apariencia de levantadora de pesas, a la que veía mutilando a Margarita. Muchas veces despertó aterrado, sudoroso y gritando tal como lo hizo cuando lo del perro con el brazo en el hocico.

Karin, aprovechando los ingresos inesperados conseguidos a costillas del cadáver, le pagó un sicólogo que en realidad no le solucionó para nada ese problema, pero que lo ayudó a crear una enorme seguridad en sí mismo. Lo que sí hizo fue informar de sus sueños a la policía que comenzó a allanar todos los gimnasios de Villa Azul, de Villa Granate y de sus alrededores, por si aparecía alguna mujer que respondiera a las características de la hembra soñada por Juan Luis.

Varios meses después y luego de seguirla desde el gimnasio hasta la estación de ferrocarriles desde donde pensaba viajar hacia la capital, los policías detuvieron a una mujer que respondía a las características señaladas por Juan Luis. Pese a que negó todo, la supusieron culpable por las dificultades que opuso al arresto. Dejó lesionados a varios policías y al final lograron someterla entre diez o doce detectives, ayudados por algunos transeúntes.

La harterofílica nunca confesó nada y las pruebas que lograron reunir, entre otras la identificación que desde detrás de uno de esos vidrios que se transparentan desde un solo lado hizo Juan Luis, el juez decidió dejarla en libertad. La actividad onírica no podía ser utilizada como elemento acusatorio.

Aquí fue cuando quedó en evidencia la inefectividad del sicólogo porque menos durmió el pobre Juan Luis, que además de las pesadillas, cada noche creía que iba a aparecer la gigante dispuesta a mutilarlo como lo hizo con Margarita, por haber hablado con la poli. Pero nunca pasó nada.

En la oficina de Pedro, como sus compañeros veían en sus bromas una excelente oportunidad para sacarlo de sus casillas, continuaban haciéndose los graciosos con el tema de la mano que nunca apareció, pero Pedro, sabiendo que su jefe no bromeaba con la amenaza de despido, se tuvo que tragar la ira y soportarlos. Al final fue mejor, porque pronto los demás se terminaron aburriendo y dejaron de molestarlo.

Muchos años después, cuando ya se había puesto en la buena con sus colegas y su hija Esperanza anunció su boda, él comentó en la oficina que el novio le había pedido la mano de la niña y un imbécil le preguntó si acaso iba a entregar la mano de la muerta. Dos semanas le duró el ojo en tinta y si el jefe no despidió a Pedro fue porque estaba próximo a jubilar y porque encontró su reacción proporcional al tamaño de la estupidez del otro.

Un par de años después del crimen, una empresa construyó un conjunto residencial para gente de clase media en el sitio eriazo. Juan Luis hizo algunos amigos entre los recién llegados al barrio y les comentó lo que había ocurrido en el lugar. La mayoría se rió del asunto, pero hubo algunos que prefirieron abandonar el sector y otros que comenzaron a ver fantasmas, y por las noches divisaron el cuerpo de una mujer desnuda y sin cabeza paseándose por el nuevo condominio.

Juan Luis no le temía al fantasma de Margarita del Carmen sino que a la levantadora de pesas, y pese a solicitar a sus padres en reiteradas oportunidades que se cambiaran de domicilio, éstos no accedieron.

Karin, que ya no cobra, recibe de vez en cuando la visita de periodistas que quieren conocer detalles, una vez más, de la historia del Cadáver de los Montenegro y ella pasa tardes enteras contando episodios que ha ido añadiendo en el tiempo. Tal vez algún día terminará reconociéndose culpable.

LA MALA SUERTE

Perdí la cuenta del tiempo que llevo sin ganar un puto juego de solitario en el computador. Yo, que me vanagloriaba de mi noventa y tres por ciento, he bajado a menos del cuarenta. Llevo cerca de dos meses en los que no he conseguido derrotar a la máquina. Pura mala suerte, digo yo.

Para mí, el solitario es la vida. Jubilé, poco después enviudé y desde entonces, por lo menos doce horas diarias las paso sentado frente a esta maldita pantalla, armando escalas. O intentando hacerlo. Que el seis de corazón, que el cuatro de trébol y así se me va el día. Pero lo que al comienzo se me daba tan bien y me dejaba con el ánimo por las nubes, hoy me tiene al borde de la depresión. Me noto irascible, falto de apetito. ¿De qué me sirve jugar, si pierdo constantemente?

La seguidilla de triunfos me hacía sentir esa seguridad que perdí durante los últimos años que trabajé en la municipalidad. Ahora estoy recayendo en esa desesperante inestabilidad emocional que me asaltaba cuando debía enfrentar al público enfervorizado que se dirigía a la ventanilla de la sección reclamos, mi cárcel.

Perdió la elección el alcalde que era mi amigo, que me favorecía con puestos cómodos y el nuevo, del partido opuesto, me hizo la vida un infierno. Creo que él enviaba a reclamantes enfurecidos para hacerme irritar y obligarme a dimitir. Pero me faltaba tan poco para jubilar, que me vi obligado a aceptar todo.

Cuando cumplí los años y presenté el expediente de jubilación, me dije:

— Mauricio, desde ahora en adelante no harás nada. Para eso te has sacado la cresta toda la vida.

Claro que en casa me esperaba otro infierno. Varias veces, cuando regresaba del municipio, ni siquiera había un plato de comida, porque ella, que aún tenía una salud aceptable, se pasaba el día frente a la pantalla y se desesperaba cuando pasaban muchos juegos sin ganar. Yo la recriminaba, le decía que cómo era posible que postergara todo por embobarse mirando la pantalla, que iba a quedar ciega. Y entonces me preparaba algo para comer a la rápida y volvía a sentarse frente al monitor.

Pronto enfermó y las quejas por sus malestares, que la mantenían casi postrada, resonaban todo el día en mi cabeza. Para distraerse, pasaba todo el día frente al computador jugando solitarios. Como mantuve la costumbre de levantarme temprano, al principio los días de ocio obligado se me hacían interminables. Mientras ella jugaba, yo regaba el jardín, podaba las rosas o leía el diario, ese que regalan en las esquinas y que religiosamente acudía a retirar todas las mañanas. A veces cocinaba algo, que siempre me lo encontraba malo; que desabrido, que crudo, que recocido. Pronto lo dejé de hacer. De tanto aburrimiento, hasta pensé en escribir mis memorias, pero una vida insípida como la mía no era merecedora de memorias. Mejor sepultar los recuerdos.

Entonces, hastiado de mi vida anodina, comencé a sentarme a su lado y observar como jugaba. Pronto le hacía observaciones, que evidentemente le molestaban. Medio inválida como estaba, esperaba a que ella me pidiera que la llevase al baño o a la cama para ocupar su lugar y me apernaba al computador resolviendo mis propios solitarios. Las discusiones, esas que, por la comodidad de la mutua ignorancia nunca antes tuvimos, hicieron su aparición.

Buscando una mediocre armonía, terminamos pactando que mientras ella dormía, yo jugaba y viceversa. Idiotizados frente a la pantalla, nos olvidamos de sus médicos, de exámenes y remedios. Obviamente su salud fue empeorando, porque comíamos mal y apurados, dormíamos poco y apenas nos dábamos tiempo para asearnos. Vivíamos pendientes del momento en que el otro abandonaba el computador para ocupar una silla que nunca se enfriaba.

Un día ella sugirió la idea de comprar otro equipo, argumentando que así no nos veríamos obligados al sistema de turnos, no discutiríamos tanto, pero costaba un dinero que yo no tenía. Para remover mi conciencia, me culpaba por su agravamiento, porque alegaba que no disponer permanentemente del computador, la hacía sentirse mal. Estoy seguro que lo simulaba.

—Como te has olvidado de mí y de mi enfermedad, harto hemos ahorrado en médicos y remedios. Pienso que de más tenemos dinero como para darnos ese gusto —argumentaba

Estuve a punto de hacerlo, pero llegué a la conclusión de que sería demasiado. ¿Cómo no íbamos a ser capaces de compartir un equipo? Además la veía languidecer y pensaba que le quedaba poco tiempo de vida. El deterioro de su salud se hacía más evidente cada día y no porque yo lo quisiera, sino porque prefería seguir jugando antes que perder el tiempo en médicos, que según ella, lo único que hacían era llenarla de medicamentos que de nada le servían. Aseguraba que su mejor terapia era el solitario. Y cuando se sentía muy mal, me culpaba a mí y a mi descuido.

—Cualquier cosa es más importante para ti que mi salud.

A medida que pasaban los días, los problemas entre nosotros se hicieron más agudos. Las riñas nos llevaron a los golpes. Un día, en el colmo de su ira, me golpeó, pero estaba tan débil que casi me pareció una caricia, sin embargo me enojó tanto, que devolví el golpe, dejándola inconsciente en el suelo. Poco hice por socorrerla. Mientras estuviese ahí, no interrumpiría mi juego.

—Un solo juego más —me decía con tono suplicante —para espantar la mala suerte— y yo terminaba dormido mientras ella continuaba buscando el triunfo que le daría paz a su día. Varias veces se amaneció buscando el triunfo esquivo.

Y ahora estoy en las mismas. Tanto que se lo reprochaba, —que me tenía solo, que no se preocupaba por mí, que no tenía camisas limpias para cambiarme— para caer en lo mismo.

Entonces no me quedó otra que ocupar la plaza que ella dejó vacante. Si salgo, alguien podría entrar y descubrir su cadáver, que enterré en el fondo del patio.

UN MUNDO

Las doce habitaciones originales de la vieja casona se multiplicaron en un revoltijo de maderas, cartones y telas, hasta llegar a las treinta y tantas. Don Misael, el decano de los inquilinos, defendió a ultranza su pieza cuando el casero lo quiso trasladar hacia el fondo, para obtener una mejor renta:

—Déjeme aquí, por favor don Aarón, cerquita del baño. Por lo de la próstata, usted sabe.

Aarón, que en general no era muy sentimental, pensó que algún día podía ser él el abandonado y accedió. Por lo demás, después de tanto tiempo, algo parecido a la amistad había surgido entre ellos. Hasta alguna vez jugaron brisca, antes que el casero se convirtiera en un importante propietario de bienes raíces.

Así permaneció don Misael en medio de una babel de lenguas autóctonas, frases en quechua, en aimara, en mapudungun, en guaraní y creole, se escuchaban en medio de un castellano pronunciado con los más diversos acentos.

Don Misael observaba a los niños correr, a las mujeres reírse y pelear, a los hombres desear la mujer del prójimo, emborracharse y discutir de fútbol. El volumen de las radios que emitían valsecitos, cumbias, joropos y corridos, le impedían escuchar sus tangos y boleros. Por las noches se encerraba para ver el noticiero en su viejo TV en blanco y negro y para dormir unas pocas horas en medio de ese bullicio generalizado que no respetaba las fronteras de cada familia. Pero a ese mundo estaba obligado a pertenecer y no le quedaba otro camino que acostumbrarse.

Como mudo observador, conoció a los que madrugaban para buscar trabajo y pronto dejaban ese lugar de tránsito, probablemente para irse a vivir en algo mejor. Conoció a los que dormían hasta tarde para sentarse en la Plaza de Armas esperando la ayuda divina. También pudo ver a los que, cargando el fracaso, rehacían maletas para regresar a su país natal. Varias veces fue testigo privilegiado y sintió miedo cuando llegó la policía para capturar a los que traficaban con polvos blancos. Sintió miedo porque en más de alguna oportunidad lo obligaron a ocultar bajo su cama unas bolsas plásticas, que devolvía apenas los policías abandonaban la casona. Le daba mucho temor negarse.

Durante el verano, para huir del calor estival, se refugiaba bajo la higuera del fondo, última vegetación que sobreviviera a la expansión de la casona. Sentado en su silla de mimbre, mientras sorbía un aguado té frío, repasaba añejas noticias de diarios antiguos, leía revistas de moda que le traía desde su trabajo una peluquera ecuatoriana, o los libros de letras ya gastadas prestados por un colombiano que aseguraba ser profesor en su país, pero que aquí no le dejaban trabajar.

A veces, el calor veraniego le impedía ingresar a su habitación hasta bien avanzada la noche y pese a los gritos de los niños, se dormía bajo la frondosa higuera; despertaba algo aterido con los primeros rayos del sol.

La madrugada del incendio el caos se apoderó del lugar. En medio de llantos y gritos, carreras de un lado a otro, de gente que intentaba rescatar lo poco que tenía, nadie recordó al anciano que vivía en la segunda habitación del primer piso. La contigua al baño.

Por la mañana, cuando las cenizas aún humeaban, don Aarón, que llegó para ponerle precio a los daños, preguntó:

—¿Y don Misael? ¿Quién ha viso a don Misael?

Ahí supo que muchos de los inquilinos ni siquiera conocían la existencia del anciano jubilado, el más antiguo vecino del "Condominio Internacional", como lo llamaban con mofa.

El casero le rogó a los bomberos que buscasen los restos del viejo entre los escombros para pagarle un entierro digno, pero nada aparecía. Media mañana estuvieron removiéndolo todo, hasta llegar al patio.

Ahí estaba don Misael. Sentado en su silla de mimbre, oculto detrás de la higuera chamuscada, para que no lo vieran llorar.

EL TESORO DEL *AGUILUCHO*

El sol comienza a rasgar el velo de la noche y donde se pierde la vista, descubres que se eleva, tenue, el litoral. Estás, si lo mides en línea recta, a doce millas de la caleta Loanco y lo único que percibes con claridad, es el mar encendiéndose en mil destellos. Miras la hora en ese reloj capaz de soportar doscientos metros de profundidad, que te dice que son las seis y media; aún es temprano, porque a las ocho tienes planificado iniciar tu inmersión. Comes un poco de cereal y bebes leche. Aunque tienes hambre, no puedes sobrecargar tu estómago. Anoche tu cena también fue frugal. Luego te lanzas de piquero y desnudo al mar helado. Regresas al bote bien despierto, cuando ya se estira Samuel, apodado Popeye por su mentón pronunciado y su vocación marinera. Popeye es el único compañero que ha llegado hasta el final en esta aventura y que te apoyará desde su bote.

Ya no recuerdas si son diez o doce años los que llevas preparando este momento. Todo se inició cuando, por casualidad, descubriste en un libro la historia del naufragio del "Aguilucho", galeón español integrante de una flota cargada de tesoros peruanos, que en 1764 pasó por Valparaíso y que debía recalar en Chiloé antes de continuar hacia España por el Estrecho de Magallanes. Pero el "Aguilucho" naufragó, con su cargamento de doblones y lingotes de plata de Potosí, durante una tormenta frente a Chanco decía el texto, aunque tú, que incluso viajaste hasta Sevilla para documentarte en el Archivo de Indias, descubriste que el sitio real de la tragedia, a la que solo sobrevivieron cuatro marineros, fue frente a

Loanco. Claro que no tenías mucha claridad de la distancia de la costa. La precisión no es la compañera de estos trabajos. Consultando, sumergiéndote, estudiando, llegaste a establecer estas coordenadas, que crees que marcan el sitio exacto.

No ha sido fácil llegar a esta instancia. Perdiste a tu familia, que no creyó en ti y te deshiciste de tus bienes para financiar este capricho. Sabes que si fracasas estarás condenado a la pobreza por mucho tiempo. La soledad ya no te importa. Ha sido tu compañera por largos años.

Por cumplir la meta, llegaste al extremo de asesinar a tu mejor amigo. A todos los que invitaste a participar en este evento, les impusiste voto de silencio, solo los juramentados debían conocer lo que buscaban. Si las autoridades se enteran, el tesoro que esperas recuperar pasará al fisco, y tú recibirás sólo migajas. Uno a uno y antes de darles a conocer detalles, fuiste alejando a los demás candidatos. Al final, solo quedaban Ricardo, tu mejor amigo, y tú. Por eso, cuando él, que conocía todos los detalles, algo ebrio habló de más en ese bar de Constitución, lo conminaste a callar bajo amenaza de expulsarlo del proyecto, al igual que a los otros. Pero Ricardo respondió amenazándote con difundirlo si lo dejabas fuera. No te quedó otro camino que abandonarlo en alta mar cuando salieron a practicar. Mientras tu amigo se sumergía, cortaste el cable que les servía de guía para llegar al fondo. Te fuiste lejos, hasta las cercanías de Pichilemu, para regresar dos días después a Loanco, narrando acongojado que, mientras tu amigo estaba sumergido, una ola enorme cortó el cordón que lo ataba a la nave y lo arrastró hacia el norte. Pese a tus esfuerzos, no pudiste encontrarlo. De hecho, su cadáver nunca apareció. Desde ese día, una sensación de profundo arrepentimiento te embarga. Nunca debiste matar a Ricardo, pero no sacas nada con lamentarlo.

Ahora, cuando comienzas a ponerte el traje de neopreno térmico para iniciar tu viaje hasta el "Aguilucho", que será la culminación de tu obsesión, lo recuerdas con cariño. Ricardo también luchó con denuedo para conseguir que este momento se hiciera realidad. Pero no te fue fiel y en esto, las deslealtades se pagan caras, intentas justificarte.

El reloj marca las ocho y estás completamente equipado. Por un costado cuelga el cable atado a un ancla, que soltaste el día anterior para darle tiempo al sedimento del fondo para decantarse. Bajó hasta cuarenta y dos metros, según muestran las marcas amarillas que le pusiste cada cinco metros. Una profundidad peligrosa para ti. Tus equipos están con holgura diseñados para resistirla, pero nunca llegaste tan hondo. Veintiocho fue lo máximo y no te sentiste nada bien. Mareos, desorientación, náuseas. Ojalá tu organismo responda a esta exigencia porque te has preparado para ella. Ya la decisión está tomada y no la vas a cambiar por unos pocos metros más. Te despides de Popeye y de espaldas te dejas caer. Te acomodas la boquilla del estanque de oxígeno, enganchas el mosquetón que unirá tu cintura al cable y comienzas a sumergirte.

Cinco, diez, quince metros y todo está en orden. Desde lejos ves una sombra que parece un cachalote, pero lo descartas, es tu imaginación. Los que sí son reales son los peces pequeños que se te acercan con cautela. Más allá, una medusa revolotea exhibiendo toda su belleza. Veinte metros. Miras hacia la superficie y la luz apenas se distingue; en el fondo todo es oscuridad. Los manómetros indican que todo va bien. Respiras con la normalidad posible a esas profundidades. En un bolso llevas la máquina fotográfica, especial para captar imágenes bajo el mar y la sacas para inmortalizar a la medusa y a los otros pececitos que te acompañan. Hasta ríes pensando en aquellos que jamás podrán disfrutar de un espectáculo como este. Veinticinco metros. Estás llegando a tu propia frontera y no sientes nada extraño. Tu organismo responde bien. Enciendes la linterna, pero no alcanza a iluminar el fondo, aunque te parece divisar las sombras de algo sobresaliente. Imaginas que son los mástiles del "Aguilucho". Sientes que el corazón se agita. Te emocionas. Decides acelerar el descenso. Estás en los treinta y aún tu organismo responde bien, aunque las pulsaciones aumentan. Lo atribuyes a la ansiedad que te embarga. No es para menos después de doce años tras la meta que estás a punto de lograr.

Cuando llegues al galeón, tendrás que buscar por donde acceder a su interior. Te hace falta Ricardo. Entre dos, la tarea sería mucho más fácil, pero preferiste que Popeye no se sumergiera contigo. A él le has contado una verdad a medias, temeroso de que hable más de la cuenta. Lo conoces desde hace poco y después de tantas deslealtades, prefieres no confiar plenamente en él, ni en nadie. Extrañas un acompañante.

Treinta y cinco metros y de pronto has perdido tu norte. No sabes hacia dónde está la superficie. Te mareas, sientes dolor de oídos, deseos de vomitar y lo haces por la nariz. Parte queda dentro de la mascarilla, que se llena de ese líquido bilioso que va y vuelve a tus fosas nasales. Te comienzas a desesperar, pero siguiendo las instrucciones de la escuela de buceo, respiras hondo, tragando parte del vómito y logras estabilizarte. Siempre unido por el mosquetón al cable que te liga a la superficie, miras a tu alrededor. Ves muy poco porque el vidrio está sucio y un poco de vómito se desplaza al interior del visor. Estás tentado de abrirlo un poquito y expulsarlo, como se hace con el agua cuando estás cerca de la superficie, pero a esta profundidad, no sabes lo que puede ocurrir.

Te atacan nuevas arcadas, que logras contener. Lo atribuyes a tus nervios, aunque sabes que debes regresar al bote, sabes que intentas engañarte a ti mismo. El cuerpo te avisa con insistencia que ya no resiste más, pero antes de iniciar el regreso iluminas el fondo con la linterna y ahora, cuando el cable muestra la etiqueta amarilla de los cuarenta metros, descubres a tu derecha que lo que percibías desde lejos, de verdad son unos mástiles. También se divisa, borrosa, la sirena del mascarón de proa y algo más allá, un cañón. Todo está cubierto de algas que se mecen con el mar.

De tu hallazgo te separan unos veinte metros, todo un éxito si piensas en la inmensidad del océano, pero el cable no tiene la flexibilidad necesaria para llegar hasta ahí. Tendrías que soltar el mosquetón y nadar. Con la vista enturbiada por el vómito, miras el manómetro que señala que aun tienes suficiente aire. Pero soltarse sería una locura. Cualquier corriente, por leve que sea, te puede alejar del cordón umbilical y significará tu muerte. Dudas. Dudas. Doce años tras esta meta y ahora que estás a punto de lograrla, te asaltan estas dudas malditas. ¿Cuántos minutos pasas en ese trance? No lo sabes, pero mientras estás en eso, sientes que algo golpea tu cabeza. Miras alrededor, pensando que ha sido un pez o un pulpo, pero a tus espaldas sólo percibes un resplandor extraño que te encandila. Cuando logras fijar la vista, observas una pequeña trizadura en la mascarilla. Sabes que es muy peligroso y te angustias. Compraste el mejor equipo de buceo que pudiste, y mira dónde viene a fallar. ¡Ahora sí que tu vida está en serio peligro! Debes volver a la superficie. Ya no hay espacio para dudas. Debes volver y pronto. Las nauseas, la desorientación, el corazón agitado, te repiten una y otra vez que debes regresar a la superficie y que dispones del tiempo justo. Ya sabes dónde yace desde hace doscientos sesenta años el "Aguilucho" y regresarás con un equipo mejor, adecuado a las condiciones que encontraste en el fondo del mar y lo harás con un equipo formado por compañeros leales, discretos, que te ayuden en estas instancias extremas.

Nunca debiste hacerlo solo; ahora te das cuenta que la codicia te está jugando una mala pasada. Apesadumbrado, debes regresar a la superficie. Comienzas a mover los pies, pero sientes que las aletas no te desplazan. Un nuevo golpe en la nuca enciende otra vez el extraño resplandor. Cuando te repones, ves impotente como la trizadura se extiende milímetro a milímetro y el agua comienza a penetrar lentamente, como con un gotario. Miras hacia arriba y ves como si proviniera de una linterna a la que se le están agotando las pilas, la precaria luz del sol que te señala adónde debes llegar. Incluso te parece percibir el perfil del bote de Popeye. La ansiedad te domina.

Y comienzas a mover más rápido las piernas, porque sabes que dispones cada vez de menos tiempo para retornar a la superficie. El reloj que resiste las profundidades, se ha convertido en el enemigo que camina demasiado rápido. Mientras pataleas, con la angustiosa sensación de que no avanzas, ves pasar por tu lado el extremo del cable que te une a la nave de Popeye y comprendes que estás a la deriva.

Quizás Popeye te hizo lo mismo que tú le hiciste a Ricardo. Al escuchar el retumbante eco de tu conciencia, te desesperas aún más e intensificas tus pataleos, pero te parece que en lugar de ascender, te sumerges más y más. Un leve crujido, que parece provenir desde dentro de tu cráneo, anuncia que la rotura del vidrio aumentó otro poco, lo mismo que el agua que invade la máscara.

A través de las tinieblas de agua con vómito, que impiden la buena visión, observas la silueta del "Aguilucho" muy cerca, a pocos metros y ves, abatido, que el otro extremo del cordel ya no está sujeto al ancla, sino que remata en la sirena del mascarón de proa. Y eso no lo pudo hacer Popeye.

Observas con desesperación que la ninfa sonriente, cubierta por doscientos sesenta años de algas, ahora está rodeada del extraño resplandor y te jala hacia sí. Haces un último esfuerzo, vano, por alejarte, por regresar a la superficie, aunque el miedo te comienza a oprimir el corazón.

Intentando con desesperación desprenderte de la atadura, miras otra vez hacia atrás para distinguir, en medio de la

intensa luz y abrazado a la sirena, el sonriente rostro de
Ricardo.

RETRATO DE FAMILIA

El primero de pié a la derecha, al lado del gomero, es mi padre. Se llamaba Renán y era el mayor de siete hermanos. Esta foto fue tomada, calculo, unos cinco años antes de su trágica muerte. Una tarde, al salir de la oficina en la que se desempeñaba como contador, subió al ascensor en el decimocuarto piso junto a otros quince pasajeros. Los inspectores determinaron que el cable se cortó a la altura del piso doce y que los frenos de emergencia no funcionaron porque al aparato no se le hacían las mantenciones desde hacía dos años. Lo concreto es que mi padre fue uno de los fallecidos. Sólo sobrevivió, con algunas fracturas, una gorda que, al parecer, fue la que terminó en la cima del monte de cuerpos. Mi viejo, a juzgar por el estado en que quedó, fue el de más abajo. Justo el día de su muerte yo cumplí los trece años. Desde entonces no dudo que ese número es de mala suerte.

El que le sigue hacia la izquierda es el tío Hugo, marido de mi tía Aurelia que es la que figura con un pañuelo al cuello, sentada inmediatamente bajo él. Hoy el tío Hugo está en un asilo para personas con trastornos conductuales, víctima de un progresivo deterioro de su salud mental. Al parecer no fue capaz de resistir el carácter diabólico, como lo definió un psicólogo, de mi tía. La verdad es que se trataba de una mujer que se complacía en hostilizar a los demás. Muy hermana de mi papá sería, pero igual era una bestia. Su especialidad, la guerra psicológica, un afán permanente de achacarle todos sus problemas al resto de la humanidad, haciendo que sus más cercanos se sintiesen culpables de todas las desgracias que a ella le ocurrían, que al parecer eran muchas. Eran tantas que todos en la familia llegamos a la conclusión de que las provocaba ella misma para tener material para extorsionar al resto. Un día desapareció y nunca más supimos de ella, pero para el tío Hugo era tarde. Ya estaba internado y los doctores aseveraron que su proceso era irreversible. No alcanzó a saber de la desaparición de su mujer; quizás por eso prefiere estar entre los locos antes que suelto a merced de mi tía. Afortunadamente mis primos lograron superar los traumas, aunque con algunas secuelas que permanecerán de por vida.

Más a la izquierda del tío Hugo, está el tío Nicanor, el artista de la familia, otro hermano de mi padre, pero éste desde muy joven se dedicó a la pintura. Un pintor reconocido vio sus trabajos y se lo llevó a trabajar a su atelier. El tío Nica decía que el pintor lo explotaba, que era él el que hacía las mejores obras y que el otro las firmaba, se llevaba el prestigio, la plata y a él le dejaba las migajas. Este tío era el que mejor se entendía con su hermana Aurelia, que incluso le confesó que su afán por hacerle la vida imposible a los demás era porque así se sentía alguien. Que en su juventud había sido una muchacha normal, buena, muy tímida y que por eso todos la ignoraban, hasta que comenzó a actuar de esta nueva forma y aunque fuera odiándola, la tomaban en cuenta. Después de que el tío Nicanor se sacudió el yugo del otro pintor, viajó a Francia donde le fue muy bien. Hace años que no sé de él. Tal vez esté muerto.

Siguiendo el mismo orden, el anciano que está a continuación es el abuelo Renán. Sí, se llamaba igual que mi padre, que era el Renán tercero. Yo soy el cuarto, pero me negué a seguir con la costumbre. En el colegio me apodaron "Renancuajo" y no quiero que mis hijos pasen por lo mismo, por eso al mayor le puse Pedro. Para la época de la foto el abuelo ya estaba viudo y él mismo murió poco después.

Dicen que era mujeriego y bueno para las carreras de caballos, que mi abuela falleció de pena cuando perdió la casa familiar en una apuesta y que desde entonces vivió a expensas de los hijos y otros parientes. Según escuché decir, fue un alivio para todos que muriera, porque nunca tomó conciencia de los problemas que creaba con sus —digamos —"entretenciones". Mi madre asegura que nunca maduró.

El último de pie, el que aparece levantando una copa, es mi tío Evaristo. Era el regalón de mi abuela y quedó solterón. Nunca se le conoció mujer, pero tampoco alguna actitud que permitiera decir que era invertido. Lo que yo más recuerdo de él son los volantines que fabricaba al llegar la primavera. No sé de dónde sacaba unos papeles multicolores, que convertía en las más hermosas cometas que yo haya visto. Los días domingos nos invitaba a sus sobrinos a elevarlas en un parque cercano a la vieja casona familiar y pasábamos tardes espectaculares a su lado. A él le gustaba mucho echar comisiones contra otros volantineros. Nos compraba algodones de dulce, barquillos y manzanas confitadas. Falleció electrocutado por un cable de cobre que utilizó para subir un volantín que usaría para echar comisión contra otro. Hasta hoy lo extraño.

Debajo del tío Evaristo está sentada la tía Francisca, viuda de otro hermano de mi papá, cuyo nombre no recuerdo. Parece que se llamaba Heriberto o Edelberto o Engelberto, pero no estoy seguro. Murió antes de que yo naciera. Como pueden ver, aunque la foto esté borrosa y pese a vestir de negro, era una mujer muy atractiva. Dicen que algunos años después de muerto su marido, tuvo amoríos con el tío Nicanor, el pintor, y que viajó en secreto a Francia para reunirse con él. Pero no me consta. Lo que es verdad es que nunca más supe de ella ni de sus hijos, mis primos. No sé por qué se me ocurre que todos viven en París.

Al lado derecho de la tía Francisca está mi mamá, una gran mujer. Gracias a ella mi hermana y yo llegamos a ser lo que somos; un par de profesionales exitosos. Después que falleció mi padre, ella sola nos sacó adelante. Cuando ya vio que estaba por terminar su tarea, comenzó un romance con Esteban, nuestro padrastro. Nos dijo que no quería terminar sus días en soledad y la entendimos. Lo malo es que Esteban duró poco. Se resbaló en la tina de baño y se fracturó el cráneo. Después de tres meses hospitalizado y cuando ya parecía que estaba por salir, aunque le iban a quedar secuelas de difícil pronóstico, le sobrevino un paro cardiaco y chao. Yo creo que fue para mejor, porque si quedaba en estado vegetal, mi pobre madre se iba a convertir en su esclava.

Pero mi vieja no se complicó mucho con esta nueva pérdida y pronto ya tenía a Leonardo. La verdad es que no estoy seguro de que se llame así. Le gustan las canciones de Leonardo Favio y me tinca que adoptó el nombre por eso. Con él está mi madre hasta hoy. Se la ve serena a su lado, sobre todo cuando le canta "Ella ya me olvidó", aunque es tan desafinado, que me da pena.

Entre mi mamá y la tía Aurelia, sentado en esa silla de mimbre que parece trono, está el tío Raimundo, el hermano menor de mi padre. Hombre de risa franca y acogedor, muy joven se enroló en la Armada y se dedicó a recorrer el país y el mundo. Él fue quien me trajo mi primer lápiz pasta y me solucionó un enorme problema. Como soy zurdo (en el colegio, cuando no me decían "Renancuajo", me apelaban "El Ñurdo Azócar"), si utilizaba tinta para hacer mis tareas, con el dorso de la mano borroneaba lo que escribía. Eso me obligó a desarrollar una técnica especial para tomar el lapicero, pero me resultaba una letra pésima. Con el obsequio de mi tío solucioné gran parte de mi problema. Pero en realidad es el único recuerdo que tengo de él. Si se casó, nunca lo supe. Si siempre vivió en un buque, tampoco.

Hasta hace unos días, este pariente era todo un misterio para mí. Porque el tío Raimundo se retiró de la Armada y se contrató en una línea de trasatlánticos que viajaban entre los

Estados Unidos y Europa y durante muchos años no vino al país. Esta foto corresponde al primer viaje que hizo después de su largo alejamiento y lo celebramos en un restorán que quedaba en el Parque Cousiño, ese que ahora llaman Parque O´Higgins. No sé si existirá todavía ese local, pero yo lo recuerdo clarito porque fue la primera vez que me llevaron a almorzar a un restorán.

A los pies de los viejos y sentados en el suelo con las piernas cruzadas como faquires, estamos mi hermana Margarita, yo y nuestro primo Aníbal, hijo de la tía Aurelia con el tío Hugo. Es uno de los que logró superar, en parte, los traumas ocasionados por la conducta de mi tía. Su hermano amaneció enfermo ese día.

Estas son las personas que logro identificar en esta fotografía descolorida. Hay seis personas más a las que no reconozco. Parece que una de ellas, la que se asoma un poco desde atrás, entre mi papá y el tío Hugo, es la tía Josefina, la otra hermana de mi padre, que se sentía tan fea que siempre estaba huyendo de los fotógrafos.

Las vueltas de la vida. Para la época de esta imagen, ya estaba casada con uno, el que tomaba fotos con una máquina de cajón en el parque al que íbamos a encumbrar volantines con mi tío Evaristo. Nunca me acordaba de su nombre así que le puse el tío Foto. Después se compró una máquina más moderna y portátil para trabajar en celebraciones y eventos. Parece que ella le ayudaba con los revelados en el cuarto oscuro y al principio de ahí no quería salir. Tan fea se sentía la pobre. Pero su marido, que sin duda era además un poco mago, le tomaba unas imágenes que retocaba y la dejaba bastante mejorada. Al final terminó convenciéndola de que no era tan horrible y lo acompaña para todas partes. Los contratan para matrimonios, bautizos y otros acontecimientos y ella lo ayuda con la iluminación y los revelados. Les va muy bien.

Parece que en el cuarto oscuro no se dedicaban a puro revelar, o tal vez en la oscuridad no se veía tan fea, porque tengo siete primos de esta tía. Uno es de mi edad, se llama Avelino y es mi mejor amigo. No sé por qué no aparece en este retrato de familia, aunque estoy casi seguro lo tomó su papá, el tío Foto. Hace ya tantos años, que no me acuerdo muy bien de los detalles.

De vez en cuando veo también a mi prima, la hermana de Avelino, que se llama Aurora, pero hace tiempo que no nos encontramos. La llamé por teléfono para una reunión familiar y no me respondió. Los otros primos tomaron distintos caminos y hace mucho tiempo que no sé nada de ellos.

Rescaté esta imagen de un viejo álbum que me pasó hace años mi madre y lo hice porque recibí una carta del tío Raimundo, avisando que llegaba al país por pocos días y que le gustaría reunirse con toda la familia. Cuando dijo "toda", pienso que se imaginó una multitud y la verdad es que somos muy pocos los que estamos vivos y menos los que nos mantenemos en contacto.

Lo recibiremos en mi casa junto a Macarena, mi tercera señora y se comprometieron a venir mi hermana Margarita con su marido, el primo Avelino con su señora y mi mamá, que trae a Leonardo.

Fijo que le da por cantar "Ella ya me olvidó".

Y es tan re desafinado el pobre.

EL CUADRO

Asesinar a su madre le costó poco. Bastó con reemplazar uno de los medicamentos que ingería antes de acostarse por una cápsula de cianuro, para que amaneciera muerta. El doctor Gómez, su médico de cabecera, ni siquiera se molestó en buscar las causas del deceso. Consignó en el certificado de defunción: "Falla Multisistémica".

Durante el funeral, Arturo lloró mucho, conmoviendo a toda la concurrencia, que se preguntaba qué iba a ser de la vida de este muchacho sin su madre.

Pero la vida continuaba y si Alberto, su hermano menor, no moría pronto haciendo alguna de las locuras a las que estaba acostumbrado en la motocicleta o en alguno de los otros deportes extremos que practicaba, él se convertiría en el accidente que pondría fin a su vida. Ya vería cómo, aunque no lo veía difícil.

El problema era Angélica, su hermana mayor. La "inteligente de la familia" como la denominaban todos. Arquitecto y dueña de un carácter dominante, controlaba los hilos del hogar y a él, que se había resistido a estudiar siempre, convencido de que tenía el bienestar garantizado de por vida. A Arturo le desagradaba su hermana porque lo trataba como a una mascota.

Pero no por eso los quería asesinar. Era por el paisaje de Thomas Gainsborough. El cuadro estaba en su memoria desde siempre, colgando de un muro en la casona de su abuela. Con su marco dorado a fuego y dispuesto como único adorno en esa habitación, que en la familia denominaban "la sala del cuadro", atrajo su atención desde que vio el bote en el centro del río, un remero y tres pasajeros sentados, mientras unas vacas pacían en el fondo, todo rodeado de árboles. No era un cuadro grande, medía poco más de un metro por ochenta centímetros, pero esa bucólica imagen sintetizaba el mundo en el que a Arturo le gustaría vivir. Cuando creció, supo que lo había traído su bisabuelo desde Inglaterra y que el pintor era uno de los más famosos de ese país en el siglo XVIII. Siendo niño le llamaba a atención el paisaje. Ahora le atraía el precio que podría conseguir por él en el mercado de las obras de arte.

A la muerte de la abuela, pasó a manos de sus padres y ellos lo dispusieron en un sitio preferente del living de su casa. Lo cuidaban mucho. Incluso, cuando salían de veraneo, lo dejaban en custodia en la bóveda de un banco. Nadie podía acercarse a menos de tres metros de la pintura para evitar, según los expertos, que el vapor exudado por los humanos pudiera dañarlo. Transformado en un delirio para sus padres, ellos, en secreto y en prevención de algún percance, habían mandado a hacer una réplica idéntica, que era la que todos podían ver exhibida. El original permanecía oculto, tras otra tela, en la habitación que el padre utilizaba como oficina.

Lo malo y que motivaba su accionar, era que su madre había dispuesto que al morir, el cuadro pasara a manos de Angélica. Ella estaba próxima a casarse y él sabía que tenía que actuar antes de la boda. El problema era cómo hacerlo sin despertar sospechas. Ya había hecho varios intentos, como rajarle un neumático del automóvil y descomponerle los frenos, soltar la lámpara del dormitorio para que cayera sobre su cabeza mientras dormía, pero todo fallaba y el plazo fatal se acercaba raudo.

Con el tiempo en contra y como última chance, eligió la salida de la fiesta de despedida de soltera. La hicieron en un club privado y cuando Angélica abordó su auto, no imaginó que en el asiento de atrás se agazapaba la muerte. Una puñalada en el corazón bastó para que Arturo solucionara su problema. Para despistar, robó la radio, la cartera Louis Vuitton con todo su contenido y también se apoderó del anillo de compromiso que su novio le regalara y que ella lucía con tanto orgullo. Los arrojó en un estero cercano, como esperando que el agua corriente lavara su crimen y se alejó del lugar en su desvencijada motocicleta. Regresó a casa para acostarse, aunque el insomnio lo mantuvo toda la noche con el corazón agitado.

Cuando lo despertaron para comunicarle la infausta noticia, lloró como un niño, actitud que mantuvo durante toda la ceremonia fúnebre, emocionando incluso a aquellos que lo miraban en menos a causa de su inagotable afición por el ocio.

Pocos días después, a su hermano Alberto se le desarmó el parapente mientras volaba desde una montaña cercana a la casa de veraneo de la familia. Todo el mundo sintió lástima por Arturo, este muchacho tan inútil, que en tan breve tiempo y después de tan trágicos hechos, quedaba a merced de las contingencias de la vida.

Arturo permaneció habitando la casa acompañado solo por Rosa, la anciana sirvienta y decidió esperar un tiempo prudente antes de salir a ofrecer la pintura a los negocios especializados. Pocos días después, Rosa le entregó una lista de las cosas que faltaban en casa y él se encogió de hombros:

—No es mi problema —le dijo

—Ahora sí, pues Arturito. Usted es el dueño de casa y tiene que proveer las cosas que se necesitan para poder comer y mantenerla. Además le recuerdo que desde hace tiempo están vencidas las cuentas de la luz y del agua.

—¿Y por qué no las pagaron?

—Antes de morir, su mamá dijo que no tenía plata. Que las iba a pagar cuando vendiera el cuadro.

—¿Cómo que mi mamá no tenía plata, y la herencia que recibió de mi padre?

—¿De adonde sacó usted eso? Hasta donde yo sé, no recibió ninguna herencia. Todo lo que había se lo gastaron en la clínica con la enfermedad de su papá. La mayoría de las cosas para la casa las compraba su hermana Angélica…

Arturo quedó perplejo. Siempre había dado por descontado que los recursos familiares eran inagotables y que tenía asegurado un buen pasar hasta el día en que él siguiera el camino que había abierto a su madre y a sus hermanos. Y para eso, suponía, faltaba aún mucho tiempo.

—¿Qué haremos, Rosa?

—Quizás vender alguna cosa. La cristalería, las porcelanas, algo de lo que va quedando. Su mamá ya vendió las joyas y otras cosas.

—¡¿Que mi mamá vendió las joyas?! ¿No las habrás robado tú y ahora inventas eso?

—¡Me ofende Arturito! Yo llevo casi cincuenta años trabajando para esta familia y nunca me habían ofendido de esta manera. ¡Que usted no quiera ver lo que pasa a su alrededor, no es problema mío! Pero debo advertirle que, desde la muerte de su papá, hace ya cinco años, no me pagan el sueldo. Desde entonces estoy trabajando por el plato de comida que me dan. ¡Y yo necesito mi dinero! Más aún si usted me va a tratar así.

Arturo quedó más perplejo aún. La realidad que estaba viviendo era muy distinta a la que imaginaba. Decidió que de inmediato se pondría en campaña para vender el cuadro. En las páginas de remate del diario buscó a alguien que se especializara en obras de arte y allí se dirigió. Acordó la visita de un tasador para el día siguiente.

El experto examinó por largo rato la pintura, hasta emitir su veredicto:

—Estamos frente a una excelente copia, porque este cuadro no es original. Considerando la calidad del marco, se podría vender en unos dos mil dólares.

—¡Dos mil dólares! ¿Usted me está tomando el pelo? ¡Este cuadro vale millones!

—No dudo que el original podría costar eso, pero esta copia…

—Usted pretende engañarme para quedarse con el cuadro por un precio vil y revenderlo.

—¡Usted me ofende señor! ¡Mi firma es una empresa seria, la más antigua de la plaza y nadie pone en duda una experticia nuestra! ¡Me retiro muy molesto! ¡Hasta luego!

El hombre salió airado, taconeando sobre el piso de roble americano y desapareció tras la puerta. Rosa, que miraba la escena desde el umbral de la puerta de la cocina, regresó a sus quehaceres negando con la cabeza.

Arturo la siguió hasta el refrigerador. Necesitaba beber algo fresco que calmara la sed que le dejara la discusión. El blanco aparato estaba vacío. Ahí comprendió la magnitud del problema que enfrentaba. Lo visitaron otros dos expertos y ambos coincidieron en que la pintura sólo era una muy buena copia, valorándola incluso en menos que el primero. Y él necesitaba dinero urgente.

Después de meditar en muchas soluciones, decidió que lo más rápido era regresar al estero en el que había arrojado la cartera y el anillo de su hermana. Por lo menos ahí habría dinero para vivir algunos días.

Mojándose por completo, revisó el lugar una y otra vez, sin encontrar nada. Ensimismado en su búsqueda, tampoco notó que a prudente distancia lo observaban desde un vehículo. Regresó descorazonado a casa y esa noche, cuando se disponía a dormir, incómodo porque tenía que hacerlo con el estómago vacío, golpearon la puerta. Rosa le avisó que le buscaba la policía.

—¿Don Arturo Etchegoyen?

—Sí —respondió nervioso.

—¿Era esto lo que buscaba en el estero esta tarde? –y el policía acompañó sus palabras, mostrando la cartera LV y el anillo de compromiso.

Arturo quedó desarmado.

Así, mientras él salía esposado por la puerta principal de la casa, Rosa, la vieja sirvienta, sacaba el original del cuadro por la puerta de servicio y lo cargaba en la camioneta de un pariente.

LA SOMBRA DEL RELOJ

Miras impaciente el reloj de la pared. Marca las diez y cinco y la llamada la esperabas a las diez. ¡Qué informales! Te paras del sillón y caminas hacia la radio. La prendes y bajas el volumen al mínimo. No vaya a ser cosa que la música, que la pones para tranquilizarte, te impida escuchar el teléfono. Miras la hora en tu reloj de pulsera. Diez y ocho minutos. El de la pared, marca las diez y siete ¿A cuál creerle? Da lo mismo. La llamada, que es lo importante, no llega y un minuto no marca diferencia. El teléfono es sólo un espectro inútil si no está cumpliendo su cometido. Igual que casi todas las cosas inventadas por el hombre, piensas. Están destinadas a un fin específico y mientras no las estás usando, están muertas. Y el teléfono, que sigue en silencio, no es la excepción. ¿Por qué no aceptaron llamarte al celular? No. Insistieron que tenía que ser un teléfono de red fija. Y aquí estás, clavado como una estaca. Para ti la llamada del banco es importante, puede significar un cambio radical en tu vida, pero con seguridad para ellos es sólo una llamada más. ¿A cuántas personas citarán a diario para una entrevista laboral? ¿A diez, a cien? A ti no te importa. Solo te importa EL llamado, ese con mayúscula, el que debiera sacarte del marasmo en el que llevas ya tantos meses. No has querido decirle a nadie en tu casa de la postulación, porque cada vez que lo comentas, como una maldición la posibilidad fracasa. Es mejor mantenerlo en secreto. Y ya son las diez y cuarto en el reloj de la pared, deduces que las diez dieciséis en el de pulsera. Llevas harto tiempo esperando una oportunidad, varias horas de tu vida las has pasado a la sombra del reloj, esperando que llegue el minuto soñado o pesadillado, mejor dicho. Ese del cambio, de la nueva página, pero hasta ahora…Diez y media. La música te aburrió y apagas la radio, los nervios te traicionan. No quieres saber nada con nadie. Y el teléfono continúa mudo. Once de la mañana y necesitas ir al baño, pero temes que en el momento en que te ausentes, sonará el maldito aparato y no lo escucharás y la oportunidad se te desvanecerá por culpa de las imperiosas ganas de mear que te asaltan ¿Por qué cuando estás nervioso te dan estas incontenibles ganas de mear? Siempre te pasa lo mismo ¿Le ocurrirá a todo el mundo? Ya no puedes seguir aguantando. Fuiste corriendo al baño y regresaste, para encontrarte con que tu madre está ocupando el teléfono. ¿Con quién hablará la vieja?, ¿será urgente? Con la mano y con desesperación, le muestras tu reloj de pulsera y giras el dedo índice alrededor de tu oreja, para que entienda que esperas un llamado. Gira la cabeza y continúa hablando, indolente. La tomas del hombro y la sacudes, pero ella sólo da explicaciones y más explicaciones al interlocutor invisible. Estás tentado de arrebatarle el auricular cuando por fin cuelga.

--Era para ti –te dice, molesta por tu insistencia—te llamaban del banco, pero dije que no estabas porque con seguridad, era para cobrarte.

ENEMIGO INVISIBLE

Hoy te botó el plato con comida. Ayer, te enrolló la alfombra para que tropezaras, dejándote con la mano herida y un tobillo torcido. Además te esconde las cosas. Casi a diario debes buscar la dentadura en los lugares más insólitos y ¡qué decir de los anteojos! El lápiz, que desde siempre mantuviste guardado en tu secreter, nunca está donde debiera cuando lo necesitas. Te ha descalabrado tu riguroso orden.

Es cierto que estás algo olvidadiza, pero nunca para tanto. Todos los días te hace una mala jugada. Lo más terrible, es que cuando les dices que el culpable es tu enemigo invisible, nadie te cree. Te miran con aire compasivo, como pensando: *está loca la pobre Clara.*

El comienzo de los ataques coincidió con la muerte de Walter, el novio al que dejaste plantado para casarte con Esteban. Walter nunca aceptó el desaire y esperó a morir para concretar su venganza. Olvida que tú no lo elegiste, que lo del matrimonio fue una decisión de tus padres por conveniencia económica, pero aun así, desde que murió, te ha hecho la vida imposible. Tú, que eras una mujer normal, ordenada, alegre, vives alterada, escondiéndote para que no te agreda. Has perdido esa tremenda seguridad en ti misma, la que te convertía, sin proponértelo, en la reina de las fiestas. Ahora caminas vacilante, tomas las cosas con extremo cuidado para que no se te caigan. Pero de la nada aparece él empujándote el codo o te hace una zancadilla. Estás completamente moreteada y llena de cicatrices. Además, casi no queda loza.

Y nadie te cree. Piensan que no los escuchas cuando hablan de demencia senil, cuando ofuscados murmuran *vieja inútil*.

¡Pamplinas!

Estás mejor que nunca porque debes permanecer alerta, expectante para eludir los ataques de Walter. Aparece desde cualquier rincón. Hace unos días, te empujó en el baño al salir de la ducha y golpeaste la cabeza contra la llave del lavamanos. Tres puntos en la frente te significó la gracia. Ya no sabes qué cantidad de sangre has perdido a causa de los ataques de este despiadado. Cuando ha concretado su agresión, escuchas su risa sardónica. Les has pedido a los demás que pongan atención, que escuchen. Pero nadie oye nada. Nadie ve nada.

Todos aseguran que son descuidos tuyos los causantes de tanto accidente, de tanto desastre. Afirman que tienes los pies y las manos de lana. Te sugieren que te quedes tranquila, no tienes necesidad de hacer nada, puedes levantarte tarde y acostarte temprano y aseguran que entre todos ayudarán para evitar los percances, pero no es más que producto de su ceguera. Te creen una mentirosa. Se niegan a ver la terrible realidad que enfrentas. Ellos, encerrados en sus mundos, en sus trabajos, en sus propios problemas, no perciben que todo ocurre por los acosos de ese hombre perverso.

Se ríen cuando les aseguras que Walter te visita por las noches, se mete en tu cama, te enjabona en la ducha y te seca cuando sales. Les explicas que sientes angustia cuando te recrimina al oído porque lo dejaste plantado en la puerta de la iglesia. Y en lugar de ayuda, recibes burlas.

Le has suplicado al maldito Walter que te imponga una penitencia; por dura que sea, estás dispuesta a cumplirla para que te deje en paz. Pero se rehúsa. Afirma que permanecerá contigo hasta que mueras y entonces te reunirás con él en el paraíso. Ahí estarán juntos por la eternidad, como siempre soñó.

Pero por lo que hace contigo, no merece el paraíso. Una persona con tanto deseo de venganza, no puede estar en el cielo. Quizás fue él quien embolinó a Esteban para que se perdiera. Salió a comprar el diario y no regresó más, el pobre. Claro que ya estaba un poquitito mal de la cabeza, hay que reconocerlo, pero si fue Walter, lo hizo por celos, nada más que por dañarte.

Y es un cobarde además, porque cuando se encontraban en la calle, te evitaba. ¡Ni que decir de cuando coincidían en algún evento social! Se escabullía como lagartija.

Es cierto, nadie puede estar feliz con que lo dejen plantado el día del matrimonio, ¡pero ya han pasado tantos años, más de cincuenta! No se puede vivir con un recuerdo ingrato toda la vida. Este hombre ignora que debe existir un momento en el que debes dar vuelta la página.

Pero para suerte tuya y desgracia de Walter, esta situación durará solo un poco tiempo más. En alguna parte tienes guardado el libro ese que tu abuela se trajo de Inglaterra. Ese con recetas de tizanas y fórmulas de conjuros. Ahí enseñan cómo deshacerse de espectros y espantar fantasmas. En eso, los ingleses son expertos.

Cuando encuentres el famoso libro, prepararás la pócima ancestral o el encantamiento adecuado y te librarás de él.

¡Ahí sabrá el tal Walter quién es Clara Montigo!… ¿o Montero?…¿o Montolla?…¡Bah! da lo mismo.

EL ASESINATO DE LA NICOLE

Hasta la muerte de la Nicole, éramos tres los hermanos. Claro que todos hijos de distinto papá. La Nicole era la mayor, con catorce años, después vengo yo con nueve y al final la Emily, de siete.

La Nicole desapareció hace como un mes a la salida del liceo y su cuerpo, casi desnudo, lo encontraron una semana después, tirado en una zanja con zarzamoras en un campo cercano. Los detectives dijeron que la violaron antes de ahorcarla con un cordel. Todos decían que era bonita y simpática, aunque conmigo era pesada a veces. Me trataba como cabro chico.

A mi mamá, que se llama Florencia, casi le dio un ataque cuando llegaron con la noticia. También vinieron de los diarios y de la tele, pero mi vieja no quiso conversar con nadie. Se lo pasaba puro llorando.

No sé si porque soy el único hombre o por qué será, mi mamá nunca me quiso. La Nicole fue siempre su regalona y a la Emily, tal vez por ser la más chica, también la regaloneaba harto. Pero me pescaba poco y mucho menos después de la muerte de la Nicole. Pasé a como dejar de existir para ella.

Mi papá no me viene a buscar casi nunca. Se llama Felipe. Mi abuela, que se vino a vivir con nosotros después de lo de la Nicole, porque estaba peleada con mi mamá por esto de tener los hijos con hombres distintos, me contó que mi mamá trabajaba como nana en la casa de mi papá y que ahí quedó embarazada. También me contó que mi papá se casó con una mina con plata y que tiene otros hijos con ella. Yo creo que por eso nunca me ha llevado para su casa. Cuando me saca, me lleva al cine, a comer algo y me trae de vuelta. Lo que sí, para la navidad y para el cumpleaños me hace unos regalos bacán. La tele LED que tenemos en la casa, me la regaló mi viejo para la navidad y tengo el último play station. También me compra ropa y las mejores zapatillas cuando sale conmigo. Y los útiles para la escuela.

Un día, después de la muerte de la Nicole, se juntaron por casualidad los tres papás en nuestra casa. Dijeron que venían a darle el pésame a mi vieja y ahí pude ver que el mío es el que lejos tiene mejor pinta, era el mejor vestido. En cambio el papá de la Nicole, que parece mendigo, lloraba como cabro chico y eso que nunca venía a ver a su hija. Dicen que es bueno para el copete y que por eso no trabaja en nada. Mi mamá tiene que mandarle los pacos para que se ponga con algo para la casa. A mí nunca me ha gustado ese gallo. Por eso mis abuelos se enojaron con mi mamá, porque se pasaba pidiéndoles plata para poder darnos de comer y ellos alegaban que todo era culpa de ella porque le gustaba el leseo y con gallos pobres, para peor. Eso se lo escuché a mi abuela hace tiempo.

La cosa es que después de que se murió la Nicole, mi abuela dijo que a mi vieja le bajó una depresión porque se lo pasa puro llorando todo el día. Cuando la gente la viene a saludar, llora más fuerte, se le corre la pintura de la cara y no quiere comer. A mí me da mucha pena verla así.

Por eso se me ocurrió disfrazarme de la Nicole y un día sábado me puse un vestido de ella, me arreglé el pelo y me pinté, todo para parecerme a mi hermana muerta y fui a ver a mi mamá, que casi se muere también de la pura impresión. Abrió los tamaños ojos y me abrazó y me besó como nunca lo había hecho y me dijo un montón de cosas de las que no me acuerdo pero que sonaban bonitas y en eso entró mi abuela y vio que mi mamá se reía y las dos estaban tan contentas de verme disfrazado, que empecé a hacerlo todos los días cuando volvía de la escuela.

Porque eso es lo otro, en la escuela me convertí en súper importante porque los profes y mis compañeros me preguntaban por lo que había pasado y varios opinaban sobre el crimen. El viernes en la tarde el Estuardo me dijo que sabía quién la había matado y yo le pregunté y me dijo que creía que era el papá de la Nicole, el viejo curado, porque el hermano del Estuardo era compañero y amigo de la Nicole en el liceo y a él le había contado que su papá la esperaba a la salida de clases para pedirle plata y que ella le había dicho que no tenía y el viejo curado le dijo –róbale a tu mamá, total el papá del Ignacio, que soy yo, tiene lucas y le pasa más plata– Pero la Nicole le dijo que por ningún motivo le iba a robar a la mamá y él la amenazó que si no lo hacía, la iba a matar.

La cosa es que yo le iba a contar eso a mi mamá el sábado, porque ese día tengo más tiempo para arreglarme mejor y quedar casi igualito a la Nicole, pero se le ocurrió venir a mi papá y cuando llegó me pilló disfrazado de mi hermana y me retó y se fue a hablar con mi mamá, que en ese momento estaba más tranquila y le dijo –¡No porque se te haya muerto tu hija vas a convertir al cabro mío en maricón!– la cosa es que me mandó a que me fuera a vestir de hombre porque íbamos a salir y yo no le pude decir que no porque tenía las zapatillas rotas, y mientras tanto escuché que le decía a mi mamá que si me volvía a encontrar vestido de travesti, le quitaba la pensión y mi mamá, llorando, le dijo que si lo hacía le iba a mandar a la asistente social y mi papá le respondió que se iba a tener que entender con sus abogados. La cosa es que salió enojado a la calle y me esperó en el auto y me llevó a comer completos y después fuimos al circo en el hielo y más tarde a un mall donde me compró unas zapatillas Adidas la raja. También me compró un buzo. Y después fuimos a tomar helados y nos sentamos en una mesa y ahí le conté lo que me había dicho el Estuardo, que a mi hermana la había matado su papá y mi viejo me miró con cara así como ¿de qué estai hablando? y pescó su celular, llamó a no sé quién. La cosa es que cuando llegamos a la casa, estaban los detectives haciéndole preguntas a mi mamá. Claro que mi viejo me dejó en la puerta y se mandó cambiar, como cuando jugamos al ring raja con mis amigos.

Se notaba que mi vieja estaba asustada y lloraba pero ya no con tanta alharaca como en los días anteriores y pensé que si me disfrazaba de la Nicole a lo mejor se tranquilizaba, pero mejor no lo hice porque si mi papá lo llegaba a saber, me podía quitar las Adidas nuevas.

La cosa es que hoy en la escuela el Estuardo, que vive cerca del papá de la Nicole, me contó que ayer lo tomaron preso y que en su cuadra decían que lo están interrogando en el cuartel de los policías.

LA MUERTE DE LA TIA RAQUEL

La muerte de la tía Raquel hubiese pasado como cualquier deceso de una persona de ochenta y tantos y sorda, si no fuese porque Raquelita, su hija, la encontró cuatro días después, cuando ya estaba hinchada y maloliente, acostada en su cama en el departamento de Providencia, situación que obligó a que le practicaran la autopsia para descartar cualquier participación de terceros en el fallecimiento. Para sorpresa de muchos, la mentada autopsia arrojó que la viejecita consumía mucho alcohol y sobre todo, drogas. Fumaba marihuana y conservaba huellas de cocaína en su organismo, por lo que la Policía de Investigaciones debió tomar cartas en el asunto e interrogó a la sirvienta que Raquelita le tenía todos los días a su madre para que le cocinara y le hiciera el aseo, tanto a ella como a la vivienda. La pobre mujer, que se enfermó del estómago de puros nervios, no supo ni pudo dar una información de la que carecía de todo conocimiento, por lo que la investigación se centró en Raquelita que en lugar de intentar una explicación razonable para darles a los detectives, optó por el camino de la soberbia y los amenazó con su marido abogado, por lo que los policías, orden judicial mediante, decidieron revisar todo el departamento de la difunta, buscando pistas que les permitieran encontrar al proveedor de la droga, investigación que, aparentemente, no arrojó ningún resultado. Raquelita sufría además por el apremio al que la sometían sus tías Esther y Nelly, que reclamaban por el estado de abandono en que esta niña tenía a su hermana. Raquelita les explicó que, desde que se había cambiado a Chicureo, le resultaba más difícil visitar a su madre, que sólo lo hacía dos veces a la semana pero que a la anciana no le faltaba nada y que además, hablaba todos los días con ella por teléfono, lo que las tías pusieron en duda a raíz de la sordera de la difunta. En realidad, las tías ponían en duda todo lo que decía Raquelita desde que Néstor, su marido abogado, se había llenado los bolsillos con plata obtenida del fisco a raíz de juicios por derechos humanos. Desde entonces, por su cinismo, les caía pésimo, no sólo a Raquel sino que también a sus hermanas que lo consideraban un falso comunista que se aprovechaba de la confusión creada por los políticos al término de la dictadura, para enriquecerse. Por eso, cuando Raquelita se mudó a Chicureo, a una mansión con piscina y sala de juego que, según opinión no solo de la familia, el sinvergüenza de Néstor construyó con dineros que le ha escamoteado al Estado y a un cerro de ingenuos a los que representaba a cambio de suculentas partes de los beneficios que les consigue en los tribunales, la tía Raquel rechazó la oferta para irse a vivir con ellos. Dijo que jamás compartiría el techo con un sinvergüenza como su yerno, que defendía a comunistas que habían huido del país, para regresar ahora reclamando prebendas de mártires, en desmedro de las personas que pasaron todas las apreturas. Claro que no le hacía asco a las botellas de Chivas Regal que Néstor le enviaba de regalo, intentando tener una mejor relación con la vieja de mierda de su suegra.

Pero los detectives, que no encontraron nada más que un par de papelillos y un puñado de hierbas en el allanamiento al departamento de Providencia, no se conformaron con eso e hicieron seguir a Raquelita y a Néstor porque intuían que, descartada la sirvienta, eran los únicos que podían proveer de drogas a la viejita. A los pocos días sus pesquisas dieron resultado por partida doble, porque sorprendieron a la Raquelita comprando droga en el subterráneo del Parque Arauco y un par de días después, encontraron a Néstor pichicateándose en el Eva Moon, un cabaret para hombres adinerados, ubicado en una discreta calle cercana a la avenida Vitacura. Detuvieron al "Estopa" el proveedor de Raquelita, que no tardó en contarles que él era el abastecedor oficial de la viejita; que fumaba marihuana desde hacía mucho tiempo con el pretexto de atenuar los dolores de la artritis y que coca consumía de tarde en tarde, para superar los estados depresivos que le sobrevenían. El "Estopa" reconoció que había entablado un cierto grado de amistad con Raquel, porque la viejita era muy buena para conversar y porque él y la sirvienta eran prácticamente el único contacto que tenía con el mundo, pues su hija, desde que se había ido a vivir a Chicureo, la tenía abandonada. Con estos datos, los policías decidieron hacerle una visita a Raquelita en su mansión, para lo que se consiguieron una orden de allanamiento con un juez que no sentía ninguna simpatía por Néstor. Esperaron a que llegara el dueño de casa y se dejaron caer junto a unos periodistas regalones. Néstor no podía creer lo que le estaba ocurriendo y amenazaba a los detectives con las penas del infierno hasta que éstos le mostraron unas fotos en posturas poco decorosas que le habían tomado en el Eva Moon, lo que en lugar de calmarlo, tuvo el efecto opuesto y los conminó a abandonar su casa, citando innumerables incisos legales, como un Testigo de Jehová recita los versículos de la Biblia. Pero los policías no estaban para recibir humillaciones por lo que lo esposaron, mostrándolo para que los periodistas pudieran fotografiarlo. También entregaron a la prensa las fotos comprometidas del Eva Moon, mientras Raquelita gritaba fuera de sí, reiterando las amenazas y diciendo que iba a llamar al Ministro de Justicia porque esto no les podía estar pasando a ellos que se habían mudado a Chicureo para vivir tranquilos y los detectives le dijeron que la llevaban detenida para un careo con el "Estopa" y ella casi se desmaya cuando le mostraron las fotos que le tomaron en el subterráneo del Parque Arauco y ya no supo qué más decir y se dejó arrastrar hasta su dormitorio donde les mostró a los detectives el sitio donde guardaba la droga y ellos insistieron que más le convenía mostrar todos los escondites y ella primero se fue de negativa pero la apretaron un poco y fue largando la verdad mientras su marido, esposado en el primer piso, se negaba obstinadamente a responder al interrogatorio al que lo sometía esa periodista, asertiva para unos e insidiosa para otros. Al final fueron cuatro kilos de droga los que encontraron en casa del abogado que mantuvo su silencio y prefirió ser detenido junto a su esposa.

Cuando las tías Nelly y Esther vieron en el noticiero a Raquelita y al sinvergüenza de Néstor, quedaron consternadas. Más aun cuando escucharon a la periodista decir que la hija mantenía drogada a su madre para que no la molestara. Aparecieron entrevistas a parientes de ambos que las tías no conocían, pero la indignación al saber lo que su sobrina hacía con Raquel, las llevó a llamar a su abogado para entablar una demanda por lo que fuera en contra de Raquelita. Tal canallada no podía quedar impune. Aunque Néstor tuviera santos en la corte que podían salvarlo libre de polvo y paja, ellas no cejarían en su intento para encarcelarlos a los dos, porque no les cabía duda de que ambos estaban involucrados en la felonía. Los hijos de Raquelita, que estudiaban en los Estados Unidos, regresaron al conocer el drama por el que estaban atravesando sus padres, pero más con el ánimo de asegurarse un buen pasar sin trabajar que de ayudar a los viejos encarcelados. Raquelita, que hacía mucho tiempo se había olvidado de su origen de clase media, no soportaba la humillación de compartir celda con prostitutas y otras mujeres, la mayoría que, como ella, estaban detenidas por narcotráfico, aunque pertenecían a una clase social que ella, a estas alturas, consideraba muy por debajo del peldaño al que se había encumbrado. Néstor, por su parte, vivía en la prisión una situación ambigua. Por una parte lo ayudaban familiares de detenidos o exonerados a los que él les había conseguido algún beneficio, pero por otra vivía un constante temor de ser asesinado por aquellos que estaban presos por haber atentado contra los derechos humanos. Sin proponérselo, quedó al medio entre dos bandos irreconciliables.

El abogado de Néstor consiguió para ambos la libertad bajo fianza, pero no pudieron regresar a la mansión de Chicureo porque se encontraba rodeada de periodistas que querían ser los primeros en obtener declaraciones. Se vieron obligados a refugiarse en la casa del hermano de Néstor, en Zapallar. Ahí recibieron visitas casi clandestinas de sus hijos, pero las tías de Raquelita no tardaron en averiguar el sitio de reclusión y lo pusieron en conocimiento de las hordas periodísticas, que se trasladaron con todo su aparataje hasta el balneario, quebrando la paz del matrimonio que intentaba ordenar las ideas para encontrar la manera de salir del entuerto en el que los había metido la tía Raquel al morirse.

Ambos fueron condenados a cinco años de pena remitida, con firma mensual y arraigo nacional, que están cumpliendo en un sitio secreto, del que sólo salen de incógnito una vez al mes a firmar.

Al principio se alegraron, pero ahora temen por sus vidas. Quizás estaban mejor en la cárcel. Por lo menos ahí sabían de dónde podía llegar la muerte.

NUEVAS COSTUMBRES

Cuando vi en la pantalla de mi celular el nombre de María Olga, imaginé un problema, pero igual la atendí. Después de los saludos, se acercó al área grande y disparó.

—Quiero pedirte que me acompañes a un matrimonio— me dijo y pensé ¿por qué solicita mi compañía cuando tiene tantos amigos con mejor pedigrí?

Sin que yo alcanzara a responder, se acercó al punto penal y volvió a disparar:

—Es que se casa mi hijo

Quedé atónito. Menos razón le encontraba a que me eligiera a mí como compañero para esa boda. Para ganar tiempo le pregunté:

—¿Robertito?

La respuesta era obvia, era su único hijo. Entonces entró en el área chica y a bocajarro aclaró, en un susurro, como para que nadie más la escuchara:

—Es un matrimonio gay.

Ahí mi parálisis fue total, hasta que atiné a decirle, motivado quizás por un poco de morbo:

—¡Encantado! ¿Cuándo es la boda?

— El sábado a mediodía, en una parcela de Talagante.

Como noté que su voz se quebraba, agregué:

—Esta tarde voy a tu departamento para afinar los detalles. ¿Continúas viviendo en El Golf?

A su respuesta afirmativa, le aseguré que estaría ahí a las ocho y que me esperara con un gin con gin y ella me dijo que con Tanqueray, harto hielo y dos rebanadas de limón. Me halagó que recordara mi capricho.

La conversación giró en torno al muchacho de veinticinco años que en dos días celebraba su matrimonio homosexual. María Olga se recriminaba por sobreprotegerlo, por no hacer caso a Robert, su ex marido.

Robert, marine estadounidense, multicondecorado héroe de la guerra de Vietnam, buscó en Chile la paz y el futuro que no encontraba en su patria. Aquí conoció a María Olga y se casaron. Los primeros años fueron de plena felicidad. Pero la gran desgracia y causa del divorcio, fue este único hijo, que desde pequeño mostró inclinaciones extrañas.

Cuando era un muchachito de trece años, Robert lo llevó a un prostíbulo de la calle Jofré, donde eran expertas en desvirgar a los cadetes militares, justamente para evitar el problema del homosexualismo en la academia. Pero con Robertito le resultó al revés, porque rehuía a las mujeres más que antes.

El padre, desesperado al no encontrar en su hijo el macho recio que anhelaba, al cumplir quince lo llevó donde unas exclusivas geishas súper caras, japonesas de cuerpos perfectos, aterciopelados y de rostros impolutos —le explicó a María Olga— que sometían a los hombres a prácticas milenarias para reafirmar su virilidad y que eran a toda prueba.

Pero con Robertito fracasaron, porque continuó arrancando de las mujeres y además tenía muchos problemas en el colegio, porque los compañeros lo molestaban por sus ademanes femeninos. Robert la culpó de amparar en exceso al niño, que por eso había salido maricón y las discusiones subieron de tono hasta un día en que el multicondecorado marine tomó sus pilchas y se mandó a cambiar. María Olga se dedicó a cuidar a este niño afeminado y debilucho.

Pero el chiquillo, que siempre fue bueno para los idiomas y que hablaba inglés, francés y portugués perfectamente, en cuánto terminó el colegio donde tanto lo molestaban, se embarcó en un crucero caribeño trabajando como mozo.

Ahí hizo carrera, llegó a ser jefe de personal de la naviera y venía Chile a reclutar gente. Seguramente a bordo de un buque conoció a este griego millonario con el que se casó en Buenos Aires un mes antes.

La fiesta en Talagante tiene como pretexto refrendar su vínculo. La ceremonia es celebrada por un oficiante de alguna secta extraña; ningún sacerdote católico, ni un pastor evangélico, ni un rabino, quisieron participar. Los invitados son todos amigos de los novios, porque María Olga llamó a algunos familiares y cuando les dijo que Robertito se casaba con Giorgio, un griego millonario, todos dijeron ¡¿Quéee?! Y se excusaron.

Y aquí estamos; en medio de una celebración, con mesones repletos de delicias, como para un banquete imperial, rodeados de homosexuales, lesbianas y nosotros, que nos sentimos como pollos en corral ajeno. Robertito corre a saludar a su madre y le presenta a Giorgio, a mí me saluda con un beso en la mejilla, como se saludan los futbolistas. ¡A mí! que solo lo vi antes tres o cuatro veces nada más.

Ambos visten ternos burdeos, unas camisas blancas llenas de vuelos, corbatas humitas doradas, zapatos rojos, como los del Papa. Finaliza la ceremonia cuando el pastor de la secta extraña, que no sabe cómo decirles, los declara marido uno y dos. Todos reímos con la ocurrencia.

Entre los asistentes, al ojo unos doscientos, comienza el baile con la música a todo volumen y veo a muchos disfrazados, algunos que no sabes si son hombres o mujeres y yo, que ya voy para los cincuenta, capto que me miran con ojos sugerentes y me siento pésimo por no saber si lo que tienes al frente es macho o hembra. Siempre he sido mujeriego y si no me he casado es porque me gusta la variedad, pero de minas auténticas, no de esas que guardan sorpresas debajo de los calzones. Observo, contrariado, cómo bailan hombres con hombres, se besan, veo a mujeres manoseándose en el jardín, al lado de la piscina, mientras otros se lanzan al agua desnudos.

Siento repugnancia, como si estuviera en Sodoma. Me parece que en cualquier momento Jehová dejará caer la bomba de neutrones y todos quedaremos convertidos en estatuas de sal, por degenerados.

En medio de una gran agitación aparece Robert, el padre del novio, con una rubia despampanante, saluda a su hijo con un beso en la boca. María Olga me mira sorprendida, no sabemos qué mierda es lo que está pasando, mientras en un escenario que está al lado de la piscina comienza un show de karaoke y sale una mujer cantando "Like a Virgin" vestida de Madonna, después aparecen una Lady Gaga, una Cristina Aguilera y resulta que todas son hombres. Sube Robertito que canta como Elton John y lo aplauden a rabiar y él insiste para que cante Giorgio, el otro novio, que regresa vestido con una túnica, como Sócrates, para cantar en su idioma un tema de Demis Roussos, con la misma voz aflautada del guatón.

Se adueña del escenario la rubia despampanante que acompaña a Robert, con la que se ha besuqueado toda la tarde y con una música media extraña, como sacada de las mil y una noches, se empieza a desnudar, dejando a la vista unos pechos maravillosos, que me provocan una erección, para seguir de espalda a los asistentes bajándose los calzones y pienso la media mina que se está comiendo el huevón del Robert. Pero cuando aparecen los glúteos empiezo a sospechar que no es lo que yo me imaginaba, lo que se confirma cuando se pone de frente porque le aparece un tremendo chafarote entre las piernas.

Miro a la María Olga, que escandalizada repite una y otra vez ¡en qué mundo estamos viviendo, Dios mío! Yo le digo que nunca me imaginé que Robert fuera maricón y ella, con los ojos llenos de lágrimas, me dice que tampoco y se abraza a mí y me comienza a besar, a buscar mis labios y le quito la cara, porque muy amigos seremos pero me da cosa besarla en público, sobre todo que ya está pasada en años y sé que me puedo conseguir mejores mujeres, más jóvenes, pero no ahí, porque vienen con sorpresa.

Pero ella me abraza porque está caliente y yo me digo que voy a tener que espantarle las polillas, pero me equivoco porque cuando nos perdemos en el jardín, donde muchas otras parejas de iguales lo están haciendo, me doy cuenta que mi amiga es como enseñaba mi abuelita: "una dama en la casa, una puta en la cama" y nos entregamos por primera vez, aunque me siento raro sin la privacidad a la que estoy acostumbrado, entonces recuerdo que desde que estaba en la universidad, para el paseo de los mechones, que no tiraba a la intemperie y los dos con María Olga nos olvidamos del resto del mundo, hasta que el éxtasis nos dice que tenemos que parar un poco, que ya estamos medios viejitos y tenemos que cuidarnos. El corazón, no el que recibe la flecha de Cupido, sino ese que palpita para mantenernos vivos, puede fallar.

La música se detiene cuando un moreno alto, de buena figura se dirige hacia Giorgio, el novio griego, lo golpea en la cara, lo bota al suelo y lo patea, pero aparece Robertito e intenta alejarlo, entonces me doy cuenta que estamos en medio de un drama pasional, que el morenazo fue un novio anterior de Robertito, que se siente engañado y me acuerdo de ese dicho "es más vengativo que maricón celoso" y me dan ganas de reír, pero mejor detengo a la María Olga que, desesperada, intenta correr hacia su hijo con el afán de defenderlo una vez más.

Entonces entra en escena Robert, que saca un revólver de entre sus ropas y le dispara a las piernas del morenazo que cae al suelo y se pone a chillar como el mono de Tarzán, y basta eso para que los demás maricones, que hasta ese momento miraban amilanados desde lejos, se envalentonen y se abalancen sobre el caído, que comienza a recibir una paliza tremenda.

Cuando aparecen unos pocos defensores del moreno celoso, la pelea se generaliza y yo le digo a María Olga que mejor nos vamos, que con los balazos fijo que viene una redada, que no me gustaría caer preso en medio de una fiesta gay y ella me hace caso, aunque está preocupada por su hijo, pero le digo que ya está grandecito, que se las debe arreglar solo. Además que Robert tendrá que explicar de dónde salió el revólver.

Regresamos al departamento de El Golf y ella me prepara un gin con gin, con Tanqueray, harto hielo y dos rebanadas de limón. Me convenzo que la María Olga no está tan peor, todavía aguanta sus atrinques, además que en el jardín mostró unas habilidades que yo ignoraba por completo.

Así que acordamos que me quedaré con ella por un tiempo. Nos damos cuenta que ambos estamos muy solos y obsoletos, que es mejor estar juntos para enfrentar estas nuevas costumbres.

LA GRINGA DEL SAN CRISTÓBAL

La gringa andaba con una blusa que le dejaba las tetas blanquitas, como de leche, casi al aire. Los ojos me le iban solitos al descote. Tengo que decir que cuando me le acercó me puse saltón. No todos los días un humilde jardinero de parque municipal tiene la oportunidad de ver algo así y más nervioso me puse cuando me preguntó en inglés ¿yu spik inglish? Sin pensarlo dije ¡yes! Y ella siguió hablando sin que yo le entendiera ni una huevá y con las manos me mostraba algo como pal lado de Recoleta, ahí donde hay un pequeño bosquecito. La contemplaba con la boca abierta, moviendo la cabeza de arriba abajo, con la esperanza de que mientras agitaba los brazos alguna pechuga se le escapara.

Pa´ qué vamos a andar con leseras, me pasé el rollo completo. "La gringa quiere conmigo, anda buscando un latin lover, como le dicen, y me eligió. ¡La cuevita que me gasto!" me dije. ¡No lo podía creerlo! En esa época yo tenía poco más de treinta y buena pinta.

Entonces le hice un gesto pa´ que me siguiera y nos fuimos caminando hacia el bosquecito. Yo, más tiritón que la cresta, miraba pa´ todos lados, no fuera a ser cosa que apareciera uno de mis colegas o mi jefe y me aguaran el panizo. O esos sapos que nunca faltan, que andan buscando a las parejas que se pierden entre cualquier matorral pa´ afilar. Pero a las cuatro de la tarde en un día de fines de marzo, no andaba nadie por ese lado del cerro, ni de esos cabros que andan haciendo la cimarra. Los que trotan o salen en bicicleta se van por el otro lado y casi siempre en la mañana. Muy lejanos se escuchaban bocinazos, sirenas, todo el ruido de la ciudad y de cerca se oía el puro canto de algunos pájaros. Pero nadie más. Ni siquiera apareció uno de esos perros vagos que salen desde cualquier parte.

La gringa seguía caminando, hablando y moviendo las manos y yo le contestaba yes yes a todo lo que decía, mientras nos adentrábamos en los árboles por un sendero entre los arbustos, hasta que llegamos al pie de un roble re grande que hay ahí y ella se paró pa' mirarlo y yo ni lerdo ni perezoso me le fui encima y la atrinqué contra el árbol y le subí la blusa y saltaron esas tetas que me tenían loco y la gringa como que se defendía pero yo creí que lo hacía por eso de guardar las apariencias no más, porque ligerito mis dedos le tocaban la humedad en las entrepiernas y entonces ella me rasguñó con unas uñas largas que tenía la huevona y sentí que la sangre me corría por la cara y de pura rabia le di un cachuchazo y cayó al suelo y me le tiré encima y le subí la minifalda y a tirones le arranqué la tanguita que parecía de muñeca y se lo mandé a guardar mientras ella gritaba, yo creí que de puro placer.

Entonces le puse la mano en la boca, no fuera a ser cosa que alguien la escuchara y apareciera por ahí y me dejara a medio camino o si me pillaban me podía costar la pega y hasta podían meterme preso.

En esos momentos, cuando uno está embalado, no mide las consecuencias. Lo único que quiere es acabar luego.

Quedó con sus ojitos azules abiertos de par en par, llenitos de lágrimas, como rogándome. La enterré en el mismo bosquecito y arriba le puse hartas piedras pa' que los perros no escarbaran y ya tarde por la noche me fui pa' mi casa, llorando casi todo el camino.

Dejé la pega botá y nunca más volví al cerro.

Después de tantos años, parece que no la han encontrado, pero desde esa vez, no puedo dormir tranquilo y no he vuelto nunca más al San Cristóbal.

DURANTE EL SEPELIO

Numerosa fue la asistencia al funeral del padre de mi amigo Florencio, pese al frescor de la tarde otoñal. Claro que entre tanto pariente, quedé relegado al último lugar de ese moderno camposanto, de exuberante verdor matizado con millares de flores.

El sopor me invadió con los discursos. No conocía al muerto y si estaba ahí era para acompañar a mi amigo en tan difícil trance, por lo que desconocía si lo que decían los oradores era verdad ni si sus bondades, siempre agigantadas en estos casos, eran simples zalamerías que ratificaban que no hay muerto malo. En todo caso, Florencio nunca me había hablado de su padre.

Mientras me balanceaba medio dormido, la vi. Estaba sentada en el césped, a unos veinte metros, junto a un entierro reciente. Tenía su rostro oculto por unas gafas oscuras que me impedían saber lo que ocurría tras ellos. Me la imaginé llorando mientras jugaba con una rosa entre sus manos. De pronto se inclinaba hacia la tumba, que a la distancia parecía recién cerrada y tomaba un puñado de tierra en su mano, devolviéndola lentamente a su sitio.

Yo la contemplaba absorto mientras las voces de los declamadores repiqueteaban como gotas de lluvia, lejanas y vacías.

Era una mujer joven, de no más de treinta años, su pelo negro, corto, envolvía su rostro albo. Vestía una blusa blanca, una chaquetilla oscura, pantalones del mismo color y zapatos negros con un pequeño taco. Me imaginé que despedía a su marido, un hombre joven muerto en un accidente automovilístico. Seguramente antes de partir no tuvo tiempo para dejarle ni un mensaje, ni un "te quiero" susurrado al oído. *Tal vez le quedó debiendo el beso de despedida y ella no lo abandona porque necesita cobrar esa deuda impaga. Quizás cuánto tiempo lleva sentada a sus pies, esperando una respuesta a su súplica* –medité.

Pero de tanto mirarla, cambié de idea. Esa es la ventaja de soñar despierto; puedes acomodar el relato a tu voluntad. Era su madre la que había partido y comenzaba a sentir la soledad de quienes pierden no sólo al ser querido, sino también a quien ha sido el puntal de su existencia. Recordé cómo me sentí yo cuando, siendo un adolescente, perdí a mi madre, arrastrada por la enfermedad. Nunca lloré, pero la sensación de soledad que me invadió me llevó a un desastroso estado anímico que me costó mucho tiempo superar.

Mis divagaciones continuaron por largo rato, mientras las voces monocordes repetían una y otra vez, como una letanía, las bondades del padre de Florencio.

Entonces, como una chispa que repentinamente se enciende, comprendí que ella era la amante del muerto. ¡Ahí estaba la razón de su presencia! Debía permanecer lejana a la ceremonia para no despertar sospechas entre los familiares, que se preguntarían quién era ella, pero tampoco aceptó permanecer ausente durante la despedida de este amor incógnito para los demás.

Con seguridad se conocieron en algún lugar de trabajo, quizás fue su secretaria y él, con el irrenunciable ánimo de aventura de todo hombre, le había prometido amor eterno, aunque la diferencia de edad hacía difícil que en ella floreciera la reciprocidad. Tal vez le dijo que la amaba con locura y que no podían vivir juntos por los problemas que eso le traería con su familia. Quizás le instaló un departamento en el que ella lo aceptaba fastidiada, simulando amarlo, con un trago pagado por él, para yacer en un acto desabrido, acompasado por la senescencia y en una elegante cama, también comprada por él.

Cuando encendió un cigarrillo y dejó a un lado la rosa, me llamó la atención. Lo consideré una falta de respeto. ¿Cómo podía fumar mientras sepultaban a su amante? Eso demostraba que a ella sólo la motivaba el interés por obtener una tajada –aunque fuese pequeña —de la fortuna del muerto. Pero aunque así fuera, estaba obligada a guardar las apariencias. Tampoco me gustó cuando bebió sin disimulo de una botella de agua mineral. A mi parecer, no estaba acorde con las circunstancias.

Quizás, a medida que me hago viejo, me voy llenando de prejuicios –pensé. --A la gente joven no le importan estas manifestaciones de frialdad que tanto nos impactan a los que crecimos pensando que la muerte era una tragedia. Estos muchachos sienten que es un tránsito, un paso irrenunciable y así lo toman. Con excesiva ligereza, a mi entender.

Un silencio profundo cayó en el lugar cuando se desvaneció la última palabra del último discurso. Entonces, comenzó la interminable sesión de abrazos y pésames, en la que todos parecen querer ser el primero en expresar su incierta pena, y yo, parte del sistema, me acerqué a Florencio para repetir la rutina. Mientras lo abrazaba, me costó reprimir los deseos de preguntarle si conocía a la muchacha que observaba el funeral desde lejos. Cuando me volví, ella ya no estaba. Confundido, miré en rededor por si veía su figura empequeñecerse con la distancia. Fue inútil. Se había esfumado.

Ya la había olvidado cuando caminábamos hacia la puerta del camposanto y Florencio me pidió que lo acompañase a la oficina del cementerio por unos papeles.

Y ahí estaba ella tras el computador, sin sus gafas, con una sonrisa forzada, preguntándole a mi amigo:

—¿En qué lo puedo ayudar?

LA CASONA

La decimonónica casona de la señora Josefina Riquelme vda. de Espronceda se caía a pedazos y ella aún no comprendía que el mundo en el que había crecido, ese que le mostró la institutriz inglesa contratada para convertirla en señorita de sociedad, ya no existía. Encerrada en su mansión, otrora señorial, solo sabía del exterior por lo que le contaba Lucía, la sirvienta tan vieja como ella y por las noticias que escuchaba, entre chirridos, en una radio portátil que funcionaba cuando don Gaspar, el italiano del emporio de la esquina, le regalaba unas pilas a las que él ya les había dado uso durante un tiempo.

Porque la comida, normalmente productos de bajo costo, que la abnegada Lucía presentaba como si se tratase de banquetes versallescos, se las anotaba en una libreta. Claro que fiado no era. Lucía retiraba los alimentos con promesas de pago que sabía que no podría cumplir, mientras algunos vecinos, sin que ella lo supiera, saldaban las cuentas que don Gaspar garrapateaba en la ajada libreta. El italiano también era hijo del rigor y tenía su negocio para ganar dinero. Se defendía diciendo que no se trataba de una institución de beneficencia.

La casona ya no necesitaba soportar el peso de antiguos muebles, de esculturas de mármol, ni de viejos cuadros. Todo había sido vendido por Lucía —porque doña Josefina no se podía mezclar con chusma— para saldar deudas y a los precios que quisieron pagarle mezquinos anticuarios. Solamente sobrevivía una obra de arte, pintada en siglos pretéritos y rodeada por un marco dorado a fuego, que la sirvienta, intuyendo su valor, conservaba para el momento de la muerte de su patrona. Lo consideraba su jubilación, su seguro de vida.

Llevaban mucho tiempo iluminándose con velas anotadas en la libreta de don Gaspar y pagadas por otros, por lo que resultó un poco inexplicable que el incendio fuera causado por un cortocircuito, como afirmaron los peritos. Lo concreto, la casona ardió como bosque reseco y los vecinos, siempre atentos a ayudar a las dos ancianas, lograron rescatarlas del fuego que devoró todo, excepto una higuera que, arrinconada, sobrevivía en el fondo del sitio.

Lucía, empeñada en salvar a su patrona, sufrió quemaduras que obligaron a trasladarla a un hospital, pero la pérdida del cuadro de marco dorado fue fatal. Comprendió que sin la seguridad que la pintura le daba y sin su ama —cuyo destino desconocía— solo existía un espacio vacío y se negó a comer. Durante un tiempo la mantuvieron a punta de sueros y vitaminas, hasta concluir que no sacaban nada. La anciana sirvienta se resistió a seguir viviendo.

Josefina creía que el mundo continuaba igual que en su época dorada. Fue acogida en casa de unos vecinos, convencida que los anfitriones eran sus nuevos mozos. Les exigió cosas imposibles para el matrimonio de viejos que a duras penas lograban su propia supervivencia y que por temor a verse algún día desamparados como ella, sin que nadie les tendiera la mano, la aceptaron. A la altiva vetusta la cama le pareció dura, exigió más calefacción, en la radio solo podían escuchar música de su gusto y se reservaba el derecho de elegir el programa de televisión que verían por la tarde. Reclamaba por la comida, encontró incómoda la silla; de nada sirvió que la sentaran de cabecera, en la única silla acolchada. Todo le parecía mal.

Por eso no resultó extraño que los viejos citaran a un concejo vecinal para saber qué hacer con esta vieja pituca que se creía dueña del mundo y que pensaba que todos estaban a su servicio.

Por unanimidad resolvieron abandonarla en un asilo público de una ciudad cercana. Ya no la querían como vecina.

No se sabe si el orgullo de la anciana, su soberbia, su altanería, o todas las anteriores, hicieron que los funcionarios del asilo la descuidaran. La cosa fue que un día doña Josefina desapareció sin que nadie se preocupara demasiado por su ausencia.

El sitio donde estuvo la casona permanecía abandonado, con los rastros de escombros quemados, vidrios rotos desperdigados por doquier y todo removido por rateros que buscaban algo de valor entre las ruinas. Lo único que sobrevivía con estoicismo era la higuera del fondo, muy frondosa y que ya mostraba los primeros frutos negros.

La noche de Navidad, cuando don Gaspar, el almacenero, vestido con elegancia se dirigía junto a su familia para escuchar villancicos en la plaza, notó extraños movimientos bajo la higuera. Cuidando de no pisar clavos, vidrios o excrementos de aquellos que confundieron las ruinas con baño público, se aventuró en medio de la oscuridad.

Caminó temeroso, sin imaginar que entre las ramas moraba la anciana, a la que solo había visto el día del incendio. Todo su orgullo, todo su linaje, toda su soberbia, estaban cubiertos de harapos, de hedores y de huesos asomados bajo la piel seca, que a duras penas sostenían su anatomía. La mirada extraviada daba cuenta de su decrepitud.

El almacenero pensó en los vecinos que antes contribuían a la mantención de la mujer y esperando lo mismo, la tomó de la mano, la sacó del precario refugio y casi a la rastra la llevó a la plaza donde un coro de niños entonaba himnos de alabanza.

Hasta el coro enmudeció al ver el esperpento que acompañaba al italiano. A todos les costó encontrar, bajo tanta decadencia, a la mujer que se ocultaba tras los visillos bordados de la casa incendiada. Algunos sintieron repugnancia, otros pensaron que era el castigo justo que merecía por su altivez, pero la mayoría se conmovió. Hasta Gaspar, que en otras circunstancias no hubiese hecho nada que no le reportara alguna utilidad, se manifestó dispuesto a hacerse cargo de la alimentación de Josefina.

El matrimonio de viejos que la acogiera después del incendio, aceptó recibirla otra vez bajo su techo. Esa misma noche la bañaron, la vistieron con ropas que donaron distintos vecinos, la maquillaron para que recuperara la dignidad de antaño y junto a ella, partieron a la misa del Gallo.

Mientras el coro entonaba el Angelus, todos en la iglesia le hicieron corro para que pasara hasta la primera fila y el sacerdote, que salió a recibirla, la acompañó al asiento que preparó especialmente para ella. Josefina, mediante un repentino destello de luz en su mirada, agradeció a todos su generosidad.

Con severa dignidad se sentó en su silla, dispuesta a escuchar el sermón navideño. Cerró los ojos, concentrándose para oír mejor.

Nunca los volvió a abrir.

NO FALTAN LOS IDIOTAS

Estás nervioso, Ricardo. Tiritas como un embrague gastado y Anabel, tu compañera de trabajo, te pregunta si te sientes mal. Le respondes con la cabeza que no, pero no logras controlarte. Sientes que están cerca, que en cualquier momento aparecerán por tu escritorio y te llevarán detenido. Sabes que cometiste un error, Ricardo, pero ya es tarde para arrepentirse. Te embaucaron y caíste como un pajarito en la trampa. Te dijeron que te llevarías un cuarto del botín sin hacer casi nada, sólo informar de los movimientos al interior del banco y ellos te reservarían una tajada importante y tú, colmado de deudas, accediste. Y ahora estás tiritando porque sabes que en cualquier momento puede aparecer la policía y la querida libertad llegará a su fin.

Te lo pintaron fácil, Ricardo. Llegaron a tu casa una noche y te dijeron que querían proponerte un negocio. Tú siempre falto de dinero, pensaste que se trataba de algo honesto, mal que mal, venían recomendados por tu compadre Osmán, aunque éste te dijera después que nunca envió a nadie a conversar contigo y menos para proponerte un negocio. Por supuesto que no le dijiste a Osmán ni a nadie de qué negocio se trataba. Tus cómplices, porque eso pasaron a ser desde el momento en que respondiste que sí, te dijeron que tu participación se limitaría a avisarles el día anterior a la recepción de una remesa importante en el banco. Y ellos llegaron en motocicletas y con cascos al momento de la apertura de la sucursal, anularon al vigilante, quitándole su arma y obligaron a todos, incluso a ti, a tirarse al suelo. Ahí esperaron la llegada del camión de valores, que siempre lo hacía entre las nueve y las nueve diez y sometieron a los portadores, quitándoles las bolsas con el dinero.

Hasta ahí todo bien. Según lo planificado, saldrían, cogerían sus motocicletas y huirían con el botín en distintas direcciones. Un motociclista quedaría en la puerta como sapo, observando todos los movimientos. Si alguien entraba en la sucursal en esos momentos, sería reducido y encerrado en el baño, junto con el vigilante. Te aseguraron que eran expertos y que varios funcionarios de otras instituciones habían obtenido suculentas recompensas por haber colaborado con ellos. Después se pondrían en contacto contigo para el reparto. Te dijeron que no te preocuparas, que tu dinero estaba seguro y en ese momento te sentiste liberado de los acreedores.

¿Por qué te eligieron? te preguntas ahora mientras la ansiedad, la angustia y la desesperación luchan por adueñarse de ti. ¿Por qué les acepté? te recriminas ahora cuando ya es tarde para dar vuelta la página de un libro que nunca debiste escribir. Tratas de justificarte, diciendo que necesitabas el dinero, que en el banco te pagan mal, que a tus hijos no les puedes dar una educación decente, que tu mujer hace maravillas para mantener la casa, que a tu madre enferma no la puedes ayudar a pagar sus remedios y buscas y buscas justificaciones en tu mente que trabaja a mil por hora escarbando por una salida al problema gigantesco en el que te has metido. Porque desde la cárcel menos podrás pagar la educación de tus hijos y los remedios para tu madre tendrán que provenir de alguna fuente milagrosa, alguna de esas en las que ella cree y a las que les reza todas las noches. Ahora tendrán que ser los santos los que se hagan cargo de ella y de pasada, tendrán que buscarle una solución para tu mujer y tus hijos.

Los detectives del banco ya te interrogaron, Ricardo, al igual que a todo el personal presente en ese día, como también lo hicieron con los dos clientes que entraron mientras los asaltantes consumaban su delito y parece que tus respuestas no te delataron, porque no han regresado. La desgracia fue que Machuca, el vigilante, logró desatarse y salió del baño, hiriendo con su pistola a uno de los delincuentes cuando ya se retiraban con el botín, pero el otro reaccionó de inmediato y lo mató. Ese disparo te anunció que el dinero no llegaría tan fácil, que los problemas recién comenzaban y que las investigaciones serían muy exhaustivas. Un robo es un robo, un delito, pero solamente un robo. Pero con resultado de muerte, se convierte en un asesinato y tú, sin quererlo, eres cómplice de ese asesinato, Ricardo. Te sientes como si hubieses apretado el gatillo y te apena tanto porque Machuca era un buen hombre. Trabajaba duro porque tenía familia igual que tú, hijos que se educan igual que los tuyos. Hijos que ahora son huérfanos, Ricardo y tú contribuiste a dejarlos en esa condición.

¡No! ¡Eso no es verdad! Los asaltantes hubieran robado el dinero contigo o sin ti. Te lo advirtieron. Siempre encuentran a un funcionario dispuesto a colaborar a cambio de un premio importante, te dijeron. Si no eres tú, será otro, pero nunca faltan. Nunca faltan los idiotas, agregas tú, ahora que ves el túnel cerrado.

¿Vendrán o no vendrán? Te preguntas una y otra vez, nervioso, tiritando, mientras intentas cumplir con tu trabajo. Pero te resulta imposible concentrarte. Tienes un cerro de papeles frente a ti, que se acumulan minuto a minuto y tus compañeros reclaman porque no reciben las respuestas que necesitan en los plazos habituales. ¡Esto es un banco! te dice Meléndez y vivimos de los clientes, Ricardo. Si no les respondemos a tiempo, se van. Y tú le dices que sí, Meléndez, que al tiro le solucionas el problema, que estás achacado por la salud de tu mamá, pero no te preocupes, Meléndez, ligerito te entrego las respuestas y miras la pantalla del computador y ves un sinfín de números y letras que no hablan, que no te dicen nada, porque miras sin ver e intentas concentrarte, pero suena un teléfono y escuchas las bisagras de una puerta que se abre y te dices que son los detectives que llegaron por ti y nuevamente te evades de los que estás haciendo y sabes que debes retomar el hilo. Pero te cuesta mucho, Ricardo. Y la angustia comienza a invadirte porque te das cuenta que todos tus compañeros te están observando, que eres como el centro del universo porque estás actuando en forma extraña, que te estás delatando e intentas sobreponerte, hacerte el eficiente y aprietas botones del teclado una y otra vez, poniendo cara de serio y en eso llega el jefe a preguntarte qué le pasa Ricardo que tiene su trabajo atrasado y está atrasando a todos sus compañeros y tú le dices que te sientes mal, es por lo de tu mamá, aseguras, que está grave y que no tienes dinero para comprarle el remedio porque es muy caro y el jefe te dice que él te presta, pero que la sucursal no puede depender de un funcionario apremiado de problemas extralaborales y le respondes que no se preocupe que sacarás adelante el trabajo como sea y te extraña que ni el jefe ni nadie mencione el asalto, como si nunca hubiera ocurrido y te aferras a eso, pensando que solo fue un mal sueño e intentando encontrar en tu interior la tranquilidad que necesitas para desempeñar bien tu labor, como lo has hecho siempre, logras retomar el hilo y comienzas a analizar los créditos y vas mirando en la pantalla los antecedentes de los clientes y los vas calificando para que el jefe decida si les presta o no plata y te vuelves a sentir un semidiós que tiene el poder de resolver o empeorar situaciones, porque el jefe confía en ti y en tu criterio, tu calificación es la que vale y sientes que vas recuperando la confianza y despachas varios informes para analizar en el comité antes de salir a almorzar con Anabel y Meléndez.

Pero ahí, mientras almuerzas, por el noticiario del mediodía te enteras que han capturado a uno de los asaltantes del banco y el periodista dice que los otros están identificados y no tardarán en caer y comienzas a sudar frío, las manos te tiritan y pierdes el apetito, Ricardo y Meléndez te pregunta qué te pasa y cuando te ve en ese estado de shock mirando la pantalla, comprende que algo malo está ocurriendo y comienza a atar cabos y te dice, indignado, que te va a denunciar, que no lo hace por la plata, que le da lo mismo que asalten el banco, sino por la vida de Machuca, que lo asesinaron como a un perro y toma su teléfono celular y comienza a marcar el 133 y tomas el cuchillo dispuesto a degollarlo, pero comprendes que no está en tu naturaleza hacerlo, además que Meléndez es más grande y fuerte que tú, mientras Anabel te mira como intentando comprender lo que ocurre y decides salir corriendo y te mezclas con la multitud que a esa hora circula por el centro de Santiago con la esperanza de desaparecer y tiras la corbata y la chaqueta y resuelves abandonarlo todo, porque si regresas a tu casa no sólo te capturarán sino que deberás soportar la vergüenza y las recriminaciones de tus hijos, a los que les inculcaste la honestidad como principal arma de lucha por la vida y si vas donde tu madre te estarán esperando, por lo que lo mejor es tomar un bus en el terminal y viajar a cualquier destino lejano y esperar a que el temporal amaine, aunque sabes que no podrás vivir toda la vida huyendo y confías que como tú no mataste a Machuca, pronto te olvidarán y podrás volver a ser una persona común y corriente, un hombre del montón, como lo fuiste siempre.

Pero no logras convencerte, Ricardo, porque intuyes que no sacas nada. Nunca más podrás caminar tranquilo por la calle; en cada transeúnte verás, como te ocurre ahora, a un enemigo. Cada policía que se cruce en tu camino será el carcelero de tu mente. Y el recuerdo de tu familia te perseguirá donde vayas, junto con el arrepentimiento, como perversos ángeles de la guarda.

Entonces, será mejor que busques otro camino, Ricardo.

LA CONFESIÓN DE ESTELA

La señora Estela comprendió que el llamado del cementerio era impostergable y solicitó un confesor.

—Padre Bruno— le dijo— estoy por cumplir ochenta y cuatro años y desde hace setenta cargo con una gran culpa.

—Cuénteme, hija —respondió el sacerdote— Estoy aquí para poder, con el favor de Dios, perdonar sus faltas por graves que sean.

—Mis pecados son terribles, padre. No sé si Dios estará dispuesto a perdonarme.

—Deje que fluya la verdad señora Estela y el Señor sabrá escuchar su súplica.

—Así lo espero, padre. Parto contándole que cuando era una muchachita que estudiaba en el colegio María Auxiliadora, creí sentir el llamado del Señor. La misa diaria se convirtió en mi primera obligación, asistí a retiros, practiqué la caridad, el ayuno y pese a mi poca edad, transformé mi vida para asegurarme un lugar en el cielo. Solo esperaba cumplir la edad necesaria para internarme en el noviciado. Mis padres se oponían, decían que los ayunos me causaban daño, que estaba muy delgada y que no podía regalar toda mi ropa para que se vistieran los pobres. Prácticamente mi única prenda era el uniforme escolar. Para nada les agradaba la idea de que su única hija vistiera los hábitos. A escondidas de ellos, me convertí en una asceta que incluso llegué a infringirme castigos para redimir los malos pensamientos, que normalmente se referían a tonteras infantiles.

"Pero a la naturaleza no le importan las promesas de las personas y sigue su curso. Crecí y me convertí en una adolescente atractiva, al decir de todos. Mi cuerpo se desarrolló, tal vez en exceso y las curvas, que yo me empeñaba en disimular, se marcaban cada día más. Muchos jóvenes pululaban a mi alrededor y yo acrecentaba mis ayunos y los castigos auto infligidos para alejar de mi mente las tentaciones.

"Un día jueves —lo recuerdo muy bien— en el que quedamos solos en casa con Carlos, mi único hermano, dos años mayor que yo, me violó. Yo estaba en mi dormitorio leyendo y él entró desnudo, exhibiendo una erección que me dejó perpleja. Jamás había visto a un hombre desnudo y ni siquiera imaginaba un falo erecto. Se sentó a mi lado, primero intentando convencerme con palabras seductoras, pero frente a mi tenaz negativa, inició un forcejeó que terminó con un golpe que me dejó inconsciente. Cuando desperté, una pequeña mancha de sangre en mi cama indicaba que había muerto mi virginidad.

"Desesperada, no sabía a quién acudir. El temor al embarazo no lo pude descartar hasta unos días después, cuando me llegó la regla, lo que me provocó un relativo alivio, porque aun así temía estar encinta. Me sentía impura, como portadora de un estigma que le señalaba a todo el mundo mi condición. Pero estaba en un callejón sin salida. Si lo acusaba, no sabía cómo podían reaccionar mis padres. Temía que me culparan de incitarlo con mi cuerpo exuberante, porque mi madre insistía en comprarme ropa de tallas mayores para que no se marcaran tanto mis curvas. En alguna oportunidad, antes de la violación, aseguró que yo era una provocación en mí misma, que llevaba al diablo en mi cuerpo. La madre Isabel, la monja que me guiaba por el camino del Señor, seguramente me obligaría a abandonar las intenciones de convertirme en una de ellas. Lo mismo temía del confesor. No sabía qué hacer, padre Bruno, qué puerta golpear.

"Mi hermano interpretaba mi silencio como una invitación a que continuara con sus afanes y muchas veces intentó repetir su felonía, pero yo lo ahuyentaba como podía. Incluso un día lo golpeé con un bate de beisbol en la cabeza y él fue quien quedó inconsciente. Por suerte se repuso antes del regreso de mis padres y dio explicaciones absurdas para justificar la protuberancia en su nuca.

"Una tarde, en la que pese a mi resistencia me forzó nuevamente, abandonó airoso mi habitación, como burlándose de mí. No pude contener la ira y lo empujé escaleras abajo. Quedó en una extraña postura, apoyadas sus piernas en el segundo peldaño, mientras su cabeza, doblada de forma grotesca, descansaba en el piso inferior. Nunca olvidaré esa imagen.

"Desesperada, telefoneé a mi madre a su trabajo y por instrucciones de ella pedí una ambulancia. Todos lo percibieron como un accidente. En el centro asistencial, después de muchos exámenes, le diagnosticaron una tetraplejia. Quedaría como vegetal para siempre. Mis padres buscaron las opiniones de los mejores expertos, pero nada modificó la dramática realidad.

"Mi desazón no tenía límites. Nunca tuve la intención de causarle un daño irreparable, aunque él, al violarme, lo hubiese hecho conmigo. Lo mío no era venganza, solo fue el furor provocado por la humillación.

"Mi familia se destruyó. Pronto mi padre abandonó el hogar y ya nada funcionaba como antes. Me costaba lavar mi conciencia sin acudir a nadie. Aun así mantuve el secreto por todos estos años, padre Bruno. —Estela apenas podía contener las lágrimas.

—Hija mía, me imagino cuánto habrás sufrido.

—Si, ha sido un calvario. Pero la historia no termina ahí, padre. Después de un tiempo que no medí, Carlos regresó a casa convertido en un bulto. Había que alimentarlo como a un niño pequeño, limpiarle sus suciedades. Mi madre pasaba horas a su lado acariciándolo. A mí me relegó a un segundo plano, pero no me importaba porque asumía que estaba cumpliendo mi condena. Claro que mantenerlo en casa costaba un dinero que mi madre había dejado de percibir al renunciar a su trabajo para cuidarlo. Los gastos aumentaban y necesitó volver a la oficina. Yo hacía tiempo que estaba reincorporada en mi colegio de monjas, aunque descarté para siempre la opción del noviciado. Mis pecados le impedían a mi conciencia seguir el camino del Señor.

—Como confesor, señora Estela, puedo asegurarle que haber sacrificado su futuro es una penitencia más que suficiente para exonerarla de sus culpas.

—Gracias padre, pero no todo terminó ahí. Como los recursos escaseaban, mi madre decidió prescindir de personal externo y nos turnábamos para atender a Carlos. A veces me correspondía darle de comer, en otras, cambiaba sus pañales. Una labor ingrata. Un día, mientras hacía esto último, vi repetirse la erección de la primera vez, cuando me violó y como jugando, lo masturbé. Tras el orgasmo, me pareció ver en su rostro un halo de satisfacción y deduje que una manera de compensar el estado de postración en el que lo había dejado, era darle ese placer que tanto disfrutaba. Cada vez que quedábamos solos repetía la operación. Incluso algunas veces la cambié por una felación, lo que, a mi parecer, aumentó su placer. Y debo reconocer, padre, que yo también sentía un cosquilleo, digamos, inquietante. A veces me desnudaba frente a él y sus ojos, tristes por tanto tiempo, mostraban una luz que reflejaba todo el gozo que le producía verme en ese estado. Y de inmediato surgía la erección.

"Yo prefería convencerme que mi actitud era algo entre un acto de venganza por lo que Carlos me había hecho y de caridad con el enfermo, pero en verdad compartía con él el deleite que le provocaban mi juegos. Al menos así lo creía yo.

"Hasta que un día resolví violarlo. Por supuesto estábamos solos; lo trasladé desde la silla de ruedas a su cama, lo desnudé y yo hice lo mismo, moviéndome con cadencia. Su pene no tardó en llegar a su máxima expresión, le puse un condón, que compré con mucha vergüenza en una farmacia de barrio, y me senté a horcajadas sobre él. Moví mis caderas hasta que sentí un temblor que me recorría entera. Me pareció que ambos estábamos en éxtasis.

»Me convertí en adicta. Cada vez que pude lo repetí y me parecía obvio que él compartía plenamente el placer. Ya no era una operación de venganza ni de caridad; era simplemente un apetito sexual desbocado que yo no lograba apaciguar. Descuidando mi responsabilidad, lo alimentaba a medias entre coito y coito y él parecía tener una energía inagotable. Yo pensaba que, como no desarrollaba ninguna actividad física, guardaba toda su vitalidad para mí. El asunto se escapó de mis manos y comencé a hacerlo dos y hasta tres veces en el plazo de tiempo en que quedábamos solos, siempre calculando la hora en la que regresaba mi madre y dejando el tiempo necesario para borrar las huellas.

"Pero un día, padre, se me pasó la mano. Lo quise hacer por quinta o sexta vez, no lo recuerdo bien, y lo maté.

—¡¿Lo mató?! —al cura le costaba controlar su asombro.

—Si padre; lo maté. Perdóneme que le cuente tanta intimidad y de manera tan descarnada, pero creo que es la única manera en que me podrá comprender y en la que yo me sentiré liberada, aunque sea en parte, de este tremendo peso que he cargado toda mi vida.

Estela comenzó a llorar y le costaba continuar su relato. El sacerdote, con palmaditas en la espalda, intentaba tranquilizarla. Le dijo que dejara su confesión hasta ahí, que

Dios la perdonaría de todas maneras. Pero ella insistió en continuar.

—En esa oportunidad, padre, sentí que Carlos se movió demasiado y eso me inquietó. Me separé de él y vi que convulsionaba. Saltaba, con los ojos en blanco, la boca chueca hacia un lado. Su cuerpo, que hasta poco rato antes era una masa inmóvil, se retorcía como una lombriz. Pronto comenzó a despedir saliva y me desesperé. Aunque no sabía nada de primeros auxilios, intenté hacerle masajes cardiacos, pero nada lo calmaba. Tenía claro que en ese minuto debí llamar a un médico o una ambulancia, pero el temor a que quedara en evidencia lo que estaba pasando entre nosotros, me retuvo. Si se descubría, toda la culpa recaería sobre mí, sería considerada una depravada o algo peor, lo que no era mentira. ¿Quién va a acusar a un tetrapléjico? Si yo decía en mi descargo que él, tiempo antes me había violado ¿quién me creería, si nunca lo acusé en forma oportuna? ¿Y qué derecho me daba eso a hacer lo que estaba haciendo? Pensando en él, pero principalmente en mí, trataba de reanimarlo de cualquier manera. Pese a que despedía mucha saliva, intenté con la respiración boca a boca. Pero nada daba resultado. Mientras estaba en esos menesteres, intuí que había muerto.

"Antes de llamar a la ambulancia y mientras lloraba desconsolada, limpié su cuerpo con esmero, procurando no dejar ningún rastro de mi pecado, aunque pensaba que si le hacían una autopsia, todo quedaría en evidencia. En ese caso, mejor ni imaginar lo que me ocurriría. Afortunadamente, los médicos dijeron que, a raíz de su enfermedad, su deceso podía suceder en cualquier momento y obviaron la necropsia

Mientras continuaba con su relato, Estela lloraba. El sacerdote, un hombre cuarentón, no podía disimular la perturbación que la historia le provocaba. Un extraño sudor le recorría la frente, mientras trataba de evitar que se hiciese visible su propia erección. Le resultaba imposible imaginar a esa anciana octogenaria, que sin duda aun exhibía las huellas de un pasado esplendoroso, adicta al sexo al extremo de asesinar a su hermano tetrapléjico. Buscaba palabras para darle un consuelo y no las encontraba. En ese momento le pareció que para situaciones como esa, la Biblia no tenía respuestas.

—Señora Estela, tal vez fue para mejor. Al parecer él no tenía ninguna posibilidad de sanar— fue lo único que se le ocurrió decir.

—De eso intenté convencerme, padre. Cuando terminé el colegio y entré en la universidad, quise llevar una vida lo más normal posible. A veces, cuando evocaba a Carlos y a todo lo que pasó entre nosotros, me invadía una sensación extraña; de arrepentimiento, aunque a la vez renacía el deseo de estar con él para repetir nuestros pecados. Por las noches o en el baño, buscaba consuelo a solas, pero no era lo mismo. Me costaba vivir sin ese placer perverso, pecaminoso que me provocaba su compañía. Por fortuna pronto conocí a Rubén, un compañero de curso con el que empecé a salir, y que después de un tiempo me estaba haciendo olvidar las jornadas con mi hermano. Me casé con él, formamos una hermosa familia con tres hijos —a uno lo bautizamos Carlos— e intenté seguir adelante sepultando ese pasado tenebroso. Jamás le conté a mi marido lo ocurrido.

Estela permaneció en silencio largo rato. De pronto le sobrevino un acceso de tos y el sacerdote le pasó un vaso de agua. Luego prosiguió.

—Lo que nunca pude olvidar, padre Bruno, fue el momento en que lo empujé por las escaleras destruyendo no solo su vida, sus esperanzas, sus expectativas, sino a mi familia y mis sueños. Todo rodó en ese momento y quedó desparramado en el suelo, igual que el cuerpo de mi hermano. Ese es mi gran pecado, mi pecado mortal, el que me condena al infierno; lo demás son solo las consecuencias.

Estela continuaba llorando en silencio, el sacerdote la miraba comprensivo; le daba golpecitos en la espalda, mientras pensaba que le parecía imposible que una persona pudiese cargar en su alma, por casi toda su existencia, un pecado tan terrible de juventud. —Esa etapa de la vida en que la vehemencia supera a la razón y en la que se aplica la fuerza sin medir las consecuencias— se decía.

—¿Qué penitencia merezco por mis pecados, padre? ¿Cree usted que Dios me perdonará, que me hará un espacio a su lado en el cielo?

— No lo dudo, señora Estela. Yo creo que su arrepentimiento es sincero y que su vida ha sido la penitencia. Entiendo su temor a contar la verdad, pero Dios siempre ha sabido que usted nunca quiso que las cosas ocurrieran así. Confíe en su perdón.

La mujer dibujó en sus labios una sonrisa de resignación.

Al día siguiente, a las cuatro de la tarde y dirigidos por el padre Bruno, se efectuaron los funerales de la señora Estela.

Descansa en la cripta familiar, junto a su hermano Carlos.

LA VIA RÁPIDA

Alguien tuvo que disparar la pistola. El proyectil no surgió de la nada para impactar la cabeza de Jenaro Rebolledo. El ruido ambiental fue el cómplice que impidió la expansión del estruendo. Se descartó el azar, porque, en el momento de los hechos, no existió altercado alguno en el sector que permitiera atribuir el deceso a alguna bala loca. Los investigadores llegaron a la conclusión que, sin duda una mano, y con muy buena puntería, estuvo tras el gatillo.

La policía recogió las pocas evidencias que quedaron en el lugar, pero no pudo determinar con claridad ni el origen ni la causa del homicidio. Para facilitar los peritajes, cerraron el perímetro en el que cayó el cuerpo joven de Jenaro esa noche de junio, trazaron con tiza su perfil en el suelo, entrevistaron a varios vecinos y personas que pasaban por el sector en el momento en que el hombre se desplomó fulminado. Pero todo sin resultados.

Lo que sí se logró establecer, fue que la bala salió desde detrás de unos arbustos, a veintitrés metros con cuarenta centímetros de distancia del sitio en el que Jenaro esperaba el microbús para regresar a su casa. También calcularon el tiempo que tardó el proyectil en recorrer la distancia hasta su blanco. Las señas dejadas por la bala del 38 extraída del cerebro del muerto, permitieron establecer, con un alto porcentaje de certeza, que fue disparada con una pistola de origen checoslovaco, pero no encontraron el cartucho y menos el arma homicida. Todas conclusiones hipotéticas, teorizadas a partir de las investigaciones efectuadas con los escasos elementos disponibles.

Loreto, la hermosa mujer de Jenaro y otros miembros de la familia, declararon a la prensa no conocer posibles enemigos y a las maliciosas preguntas periodísticas, respondieron que tampoco estaba involucrado en tráfico de drogas, trata de blancas u otra actividad ilícita, acciones sugeridas por algunos de los mordaces entrevistadores. Como reiteraron estas declaraciones a la policía sin caer en contradicciones y como ni las pericias ni los interrogatorios arrojaron resultados distintos, tampoco por este medio se logró determinar una posible causal. Mucho menos identificar al homicida.

Jenaro, en la oficina de la Policía de Investigaciones, era un empleado que podríamos calificar como del montón. Cumplía su labor en el Departamento de Dactiloscopia, comparando huellas digitales del sistema computacional con aquellas que obtenían los detectives en los lugares de los delitos. Le pagaban un sueldo mediocre y él no aportaba nada distinto a su trabajo. Se limitaba a efectuar su pega y a cumplir el horario. Tampoco tenía contacto con delincuentes o implicados que pudiesen ofrecerle sobornos o amedrentarlo, ni se le conocían actividades que lo involucraran en algún quehacer criminal, que lo convirtieran en objeto de represalias. Nadie supo de algún romance clandestino. A sus colegas, con los que compartía algunos copetes en el Club Social muy de vez en cuando, y jugaba partidos de baby fútbol un par de veces al mes, también les resultaba inexplicable lo sucedido. Por supuesto que estos datos significaron un nulo aporte a las investigaciones.

No participaba en política. De hecho, jamás se inscribió para votar ni nunca manifestó simpatía por candidato alguno. Detestaba a los políticos por mentirosos y aprovechadores. Sentía que le trampeaban al pueblo amparados en su fuero parlamentario o en las organizaciones que creaban solo con fines siniestros. Veía en ellos nada más que un afán desmedido de enriquecimiento. Pero tampoco divulgaba sus opiniones, excepto en alguna velada entre amigos y siempre que se le pasara un poco la mano en las copas.

Muy de vez en cuando asistía a la misa dominical junto a Loreto, con quién aún no tenía hijos. Prefería levantarse tarde o salir a recorrer los tendales de cachureos que se instalaban en la calle Once Oriente de Talca, su ciudad natal. Nada excepcional para un hombre de clase media. En la parroquia del sector era casi un desconocido.

Transcurrido un tiempo prudente, la investigación se archivó, porque ninguna pista permitió establecer ni siquiera una sospecha de la identidad del autor del disparo. Las conclusiones se limitaron a hipótesis sin fundamentos concretos. Para la policía y para parte de la familia, el trágico fallecimiento de Jenaro continúa siendo un misterio.

Por supuesto que los detectives también me entrevistaron y declaré lo mismo que los demás. Yo era su jefe y él mi mejor amigo. Ajeno a las actividades propias del servicio, nos reuníamos los fines de semana para compartir un asado, o salíamos de paseo en mi auto, a la playa o la montaña. Como soy soltero, su casa se convirtió en mi segundo hogar. O quizás en el primero. Éramos casi como hermanos.

Por eso, con Loreto no tuvimos corazón para comunicarle lo nuestro. Optamos por la vía rápida.

SOLILOQUIO DE DOÑA CLEME

La señora Clemencia quedó confundida con el comentario que, por azar, escuchó en el almacén del caserío. Si lo que se murmuraba a sus espaldas era verdad, Carlitos Patricio, su nieto regalón, no era su nieto. Sería producto de una aventura de Rosa María, su nuera, con el chofer del microbús rural que la trasladaba a diario entre Talca y el lejano caserío en el que moraban. ¿Serían verdad los rumores? ¿Podría Rosa María ser tan canalla como para engañar a Segundo Tercero? Lo que oyó doña Cleme fue que no solo con el chofer del bus lo engañaba, sino que además compartía bien seguido lechos masculinos en Talca, donde trabajaba.

Rosa María era hija de Ester, la mejor amiga de la doña Cleme y le resultaba difícil de imaginar que no fuera tan casta como su madre que, cuando enviudó, en lugar de buscar a otro hombre se dedicó a ayudar al párroco en todos los menesteres de la pequeña capilla local. Le cambiaba las flores, barría y limpiaba los vidrios para que la Santa Misa dominical se oficiara en un ambiente adecuado para recibir al Santísimo. Y ahora, según las habladurías locales, su hija resultaba ser una verdadera puta.

Lo que más le dolía a la señora Clemencia era la ingenuidad de Segundo Tercero, su hijo un poquito lerdo a su modo de ver, que ajeno a las murmuraciones y a los comentarios burlescos que hacían a su costa, se pasaba la vida en el campo, limpiando el gallinero, el chiquero, el establo y los domingos, después de la misa, jugaba al fútbol en la cancha de tierra. Rosa María viajaba todos los días y durante uno de esos viajes, en el que el microbús se descompuso, la habrían sorprendido en feroz coloquio con el chofer.

Ahora la duda de doña Cleme era su relación con Carlitos Patricio, el niño de cinco años en el que había volcado todo su afecto. ¿Cómo podría seguir queriéndolo si no era su nieto? Era un problema al que ella no le encontraba solución y no se atrevía a planteárselo a Segundo Segundo, su marido, por temor a la reacción de éste. Seguro que él, que pasaba la vida alegando en contra de los patrones explotadores y de los políticos corruptos, no iba a tomarla en cuenta. Le diría que ignorara esos comentarios, que no eran más que cuentos de viejas y defendería a rajatabla la virtud de su nuera, porque no le gustaban los cahuines de comedia, como llamaba a los entredichos de vecinos.

Pero para ella se trataba de un problema serio. El amor por un nieto era distinto al que se sentía por un niño extraño, que era en lo que se convertiría Carlitos Patricio de golpe y porrazo si resultaba ser hijo del chofer del microbús y no de Segundo Tercero. Porque si no existe un lazo de sangre, si no hay un parentesco ni amistad, el otro es un extraño y eso pasaría a ser su nieto o ex nieto si se llegaba a comprobar lo que se rumoreaba..

¿Cómo reaccionaría de ahora en adelante respecto al niño? ¿Continuaría mimándolo? Porque era mucho más que una abuela; con su nuera ausente, trabajando en la ciudad y su hijo en el campo, era la verdadera madre de la creatura. Ella le enseñaba a leer, a escribir, a conocer los números, a distinguir los conejos machos de las hembras, a ordeñar las vacas. El niño la reconocía como tal y así la trataba: "Mamita Cleme", le decía.

¿Cómo aclarar la situación? ¿Hablándolo con el párroco, o conversando directamente con Rosa María? Seguro que ella lo iba a negar todo. Capaz que hasta se enojara:

—*¡Cómo se le ocurre dudar de mí! ¡Qué se ha creído, vieja intrusa!* —se imaginaba como respuesta doña Cleme y frente a eso no podría insistir, porque corría el riesgo de que se enojara la Ester y capaz que entre las dos le quitaran al niño. Porque quizás la Ester sabía los puntos que calzaba su hija y le tapaba sus aventuras románticas. Quizás la Ester no era tan casta como decía y tenía líos con el párroco o con el acólito. ¡Vaya a saber una! En este mundo se ve cada cosa.

Lo mejor, por el momento, sería hacerse la tonta, como si no supiera nada y tratar de conseguir información por otro lado. Pero ¿dónde? En el almacén del caserío, que era como el punto de reunión, todos callaban cuando ella se acercaba. Si solo de chiripa, porque no se dieron cuenta de que ella entró, escuchó lo de la Rosa María con el chofer y con los demás hombres. Cuando le preguntó a la mujer del almacenero si sabía algo, se encogió de hombros y no respondió nada.

Todo el vecindario estaba coludido en contra de ellos, los Segundos, como les decían, porque su suegro fue el Segundo Primero, su marido el Segundo Segundo y su hijo el Segundo Tercero. Y la Rosa María se opuso a que a su hijo le pusieran Segundo Cuarto, por eso se llamaba Carlos Patricio.

Quizás se negó a ponerle Segundo Cuarto porque sabía que no era hijo de Segundo Tercero sino que del chofer del micro. ¡Ahora entendía la negativa de esa muchacha de seguir con la costumbre familiar! En cambio a su hija, que la criaba la Ester, a esa sí que le puso Ester, como su madre. El cometario escuchado al pasar le aclaraba muchas cosas, pero seguía sin saber cómo enfrentarlo. Quizás de quién era hija la Estercita, porque seguro que tampoco lo era de Segundo Tercero. De hecho no tenía claro que Segundo Tercero supiera cómo se engendran los hijos. Ella, por parecerle pecado, nunca le habló de eso y quizás Segundo Segundo tampoco lo hizo y esos son temas de hombres. Ellos hablan de sus cosas así como las mujeres les explican a sus hijas los secretos de la creación cuando tienen la primera regla, para que se cuiden y no vayan a quedar preñadas. Aunque a la Rosa María eso no le importó nada. Llegó y se metió con el chofer de la micro y quizás con cuántos más. A lo mejor Carlitos Patricio ni siquiera es hijo del chofer, quizás quién es el padre de la criaturita y él anda por el mundo diciéndole "papá" a Segundo Tercero. ¡Pobre niño!

¿Y si lo conversa con Segundo Tercero? Tal vez él sepa algo y se hace el de las chacras para evitar el conflicto y la vergüenza. Hasta ahora ella creía que la gente lo respetaba…o a lo mejor sienten compasión, pero se ha fijado mejor y ha visto que se ríen a sus espaldas. A lo mejor Ricardo Tercero se hace el de las chacras porque para cualquier hombre, aunque sea medio retardado de mente, debe de ser terrible descubrir que lo están engañando, que le pegan en la nuca.

—Hasta a mí me pasó. Yo jamás pensé que engañaría a Segundo Segundo, hasta que llegó ese futre tan re bonito. Lástima que el cabro me salió medio tonto. Quizás fue por el pecado o por el apuro. ¡Vaya una a saber!

REENCUENTRO CON ARTURO

1

Esto de la tecnología me permitió reencontrarme con mi amigo Arturo, del que me distancié, por eso de los caminos de la vida, hace casi cincuenta años.

Con Arturo éramos compañeros de curso, vecinos e íntimos amigos además, igual que nuestros padres. Compartimos travesuras, alegrías y tristezas y tal vez continuaríamos juntos si la presencia de Olivia no hubiese interferido en nuestra amistad. Olivia me volvió loco en plena adolescencia y —me imagino que sin proponérselo— me obligó a alejarme de Arturo.

Trastocó el orden de mis prioridades un embarazo completamente ajeno a nuestros inexistentes planes y la presión de los padres para que nos casásemos, me obligó a bajar del tren que me trasladaba al futuro. Arturo continuó su camino e ingresó a la universidad para estudiar ingeniería. Se tituló y desapareció del barrio y de mi vida con un contrato para trabajar en el extranjero. Mi padre, desilusionado, me consiguió con unos amigos un puesto en la administración pública, porque me dijo que, por hacer cosas de adultos, ahora estaba obligado a financiar pañales, leche y medicamentos especiales para un niño que nació con problemas, quizás como consecuencia por el tiempo en que Olivia intentó disimular su panza, usando ropa ceñida.

El matrimonio duró poco. Estas cosas a la fuerza nunca resultan y lo nuestro no fue la excepción, pero las obligaciones para con mi hijo no cesaron y tuve que continuar aportando mes a mes. Después volví a casarme, ahora con Doris, una compañera de oficina, pero siempre quedé con la sensación de que la felicidad me era esquiva, que estaba condenado a mirarla de lejos. Sentía que esta nueva relación, por mi parte, se sustentaba más en el temor a otro fracaso que en el amor.

Los años transcurrieron con ese sabor a nada que te deja un tránsito por la vida al que no le terminas de encontrar un sentido y en el que el televisor comienza a ocupar el primer plano mientras estás en tu hogar.

Con la evolución de la tecnología y la aparición de facebook, llegó el reencuentro con Arturo. Casi medio siglo sin vernos —sabiendo sólo tangencialmente de la vida del otro mientras nuestras madres estuvieron vivas, para después perder todo contacto— cambió el día en el que recibí su solicitud de amistad.

Me pareció curioso esto de recibir una "solicitud de amistad" de alguien con quién fuimos tan amigos, tan cercanos, pero entendí que debíamos empezar desde cero. Pensé que la sola mención de nuestros nombres nos llenaba de evocaciones y que esas habrían de ser el punto de partida.

Él vivía lejos, en otra ciudad y era ejecutivo de una minera internacional. Yo continuaba en la capital y seguía siendo el mismo empleado público, sólo que ahora esperaba acumular los años que me faltaban para jubilar. Él vivía en un maravilloso departamento con vista al mar, yo continuaba anclado al barrio, residiendo en la casa que heredara de mis padres.

Cuando anunció visita, me esmeré por recibirlo como se merecía. Hasta pinté mi hogar para darle una apariencia más acogedora. Compré una cama nueva para él, aunque prefirió alojar en un céntrico hotel que, me explicó, pagaba su empresa.

Los reencuentros no siempre son como uno los imagina. Para Arturo fue algo doloroso regresar al barrio después de tantos años. La casa que fuera de sus padres estaba muy deteriorada y de los viejos vecinos sólo quedábamos nosotros y un par de ancianos decrépitos que sobrevivían con unas pensiones miserables. En las cercanías, donde antes estuvieron los potreros en los que solíamos cazar conejos, ahora sólo se percibía el resplandor de los centenares de vidrios de los edificios de departamentos.

Aprovechando el día primaveral, almorzamos bajo el parrón, mientras un gato del vecino nos espiaba desde la pandereta. Doris prefirió dejarnos solos. Hasta lágrimas derramamos después de la tercera botella de vino que descorchó todos los caminos a la nostalgia y a los recuerdos tristes.

Regresó tarde al hotel en un taxi que llamó para que lo recogiera y nos dejó invitados, junto a mi mujer, para que almorzáramos al día siguiente en un local del centro.

Doris no fue. Me dijo que entendía que quisiera estar a solas con mi amigo. Además sentía que no tenía de qué hablar mientras compartíamos una etapa de nuestras vidas que a ella le era ajena.

Después del elegante almuerzo, en el restorán del mismo hotel en el que se alojaba, me invitó subir a la habitación. Debo reconocer que hasta sentí un leve cosquilleo, imaginando que durante estos años a mi amigo lo habían traicionado las hormonas, pero no.

Hasta ese momento, todo lo que me relatara de su vida era bueno. Salvo sus fracasos matrimoniales, en lo laboral era extraordinariamente exitoso. Pero luego de un par de whiskies sacados del frigobar, me contó la cara más oscura. Estaba viviendo el ocaso de su existencia. Padecía una enfermedad incurable y dolorosa y los médicos no se atrevían a pronosticar cuánto tiempo de vida le quedaba.

—Puede ser mañana, dentro de un mes como dentro de un siglo. Y los dolores son inaguantables. Sobrevivo a punta de morfina, de otros calmantes y como puedes ver, bebo mucho. Mi vida, si es que puede recibir ese nombre, es una permanente tortura que creo no merecer. Lo único que quiero es anticipar una muerte que se resiste a llegar.

Continuó explicando que después de cuatro matrimonios y seis hijos, a los que no veía desde hacía ya muchos años, estaba convencido de que el suicidio era su único camino.

Pero dos cosas se lo impedían. Una, el miedo; se declaraba demasiado cobarde como para auto eliminarse y la segunda, un seguro de vida que contenía una clausula especificando que en caso de suicidio, no pagaría.

—Lo que te quiero pedir —me dijo— es que me mates. Necesito que me asesines por los dos motivos que te he expuesto.

Me lo dijo con tal serenidad, que quedé perplejo. Mudo. No sabía qué decir. Muchos segundos transcurrieron hasta que recuperé el habla para responderle:

—¡Pero cómo! ¡Después de tantos años vienes a mí para pedirme eso! Me parece una locura, por decir lo menos.

—Mira Raimundo, sé lo delicado de lo que te estoy pidiendo, pero tendrás tu recompensa.

—¡No se trata de eso Arturo! Se trata de que a nuestra amistad, a esa de toda una vida y que recién estamos reconstruyendo, tú quieres que le ponga fin asesinándote. ¡Es inaudito!

—¿Y a quién más quieres que se lo pida? ¿No te parece que, por la misma amistad a la que apelas, eres el más indicado para hacerlo? Lo que no quiero es andar por el mundo inspirando lástima, convertido en un esqueleto viviente.

—¿Y cómo quieres que lo haga? ¿Qué tome un revólver y te meta un par de balazos en la cabeza? Porque si te empujo por la ventana de este hotel, los liquidadores de la aseguradora van a sospechar un suicidio y no pagarán… ¿Y qué va a ser de mí después?... ¿morir en la cárcel? —yo estaba completamente fuera de mí.

—Pensé en arrendar un auto y "accidentarnos" mientras tú manejas. Caer de un barranco y…listo. No sé si se te ocurre algo mejor. Tiene que ser una muerte accidental, porque la póliza pagará el doble que si es una muerte, digamos, natural.

—¿Y quién asegura que no moriremos los dos? Mi vida es una porquería, insípida, pobre, todo lo que quieras, pero jamás he pensado en ponerle fin así.

—Si hacemos bien las cosas no podemos fallar, Raimundo. Además yo te endosaría la póliza de seguro para que la cobres. Te prometo que cuando conozcas la cifra, se van a disipar todas tus dudas.

—No sé, Arturo, déjame pensarlo y te respondo mañana.

Me dirigí a mi hogar perplejo. No sabía qué pensar. ¿Y si se trataba de una trampa? ¿Pero a quién iba a beneficiar? ¿A Olivia y a mi hijo del primer matrimonio, al que no veía desde hacía cuarenta años? ¿O estaría coludido con Doris para meterme preso? Todo sonaba absurdo.

Sé que mi mujer me notó extraño, pero no preguntó ni dijo nada. Tampoco dormí esa noche. Si aceptaba, todos aquellos sueños eternamente postergados por carecer de dinero, se podrían cumplir. Viajar a Machu Picchu, a las Cataratas del Niágara, que me prometí visitar cuando las conocí en una vieja foto recortada de la revista *Life,* que por años adornó el muro de nuestro living.

El desvelo rindió sus frutos y cuando amanecía decidí que aceptaría la propuesta de Arturo. Hasta inventé la forma de hacerlo de manera de salir incólume y rico.

Temprano lo llamé a su habitación del hotel, nos reunimos poco más tarde en la oficina de la compañía de seguros, donde me nombró beneficiario de una póliza cuyo valor me aseguraba un excelente pasar hasta el día de mi muerte. Luego almorzamos, comprometiéndonos para reunirnos un mes después.

Un mes que para mí fue una pesadilla constante, en el que por mi mente vagaban las peores premoniciones y en el que me gasté el dinero invisible un millón de veces en viajes y compras imaginarias.

En la fecha señalada, nos juntamos nuevamente para almorzar. Yo continuaba sintiéndome el protagonista de una pesadilla, o de una broma de mal gusto. Me sudaban las manos, me atacaban unos tics que nunca antes padeciera. Arturo, que en cambio se veía de muy buen ánimo, me dijo:

—Te tengo una sorpresa, Raimundo. ¿Recuerdas lo que conversamos hace un mes? Bueno, resulta que visité a un médico que me recomendaron y dice que mi problema sí tiene solución. De hecho me dio unos medicamentos que me tienen estupendo, como puedes ver. Así que, mi muy querido amigo, ya no será necesario que me asesines —lo decía riendo mientras yo sentía como, una vez más, mis sueños se desmoronaban.

—Lo que ahora deseo, es que lo pasemos bien, que hagamos de este día inolvidable.

—Como digas, Arturo —respondí lacónico, pensando en que el día ya era para mí tristemente inolvidable.

Durante la tarde recorrimos la ciudad, paseamos por su casco antiguo, visitamos sus viejas librerías, sus añosas cantinas, en las que yo, después de tantos años, era un extraño más. Mientras él bebía de felicidad, yo lo hacía pateando la perra por mi eterna mala suerte. Nunca nada me resultaba y esta vez, cuando aparentemente estaba todo arreglado, me sacaba este conejo de su sombrero. Anochecía y ya algo embriagados, Arturo me propuso:

—¿Recuerdas que cuando jóvenes visitábamos ese barrio en el que se ofrecían esas putas de mala muerte, que para seducirnos nos mostraban las tetas?

—¡Cómo no lo voy a recordar, si aunque no teníamos plata, partíamos para verlas medio desnudas!

—¿Vamos para allá?

El corazón me palpitó a mil. Durante ese mes, muchas veces imaginé y recorrí ese sector para asesinarlo y ahora él me empujaba hacia allá. Lo tomé como una invitación a continuar adelante con mi plan, ahora abortado.

Nos perdimos por los callejones donde ahora deambulaban putas viejas y travestis, de esos que cobran poco con tal de poder beber, drogarse y hasta comer algo. Mientras caminábamos, él reía de buenas ganas mientras yo me debatía entre la angustia y la depresión, como si a cada paso me sumergiera en arenas movedizas.

En mi conciencia seguía el combate entre el bien y el mal, entre lo correcto y lo incorrecto. ¿Tenía Arturo derecho a romper el sueño que durante un mes había trastocado mi vida? Por momentos me decía que sí tenía ese derecho, que las condiciones cambiaban y nos daban la oportunidad de arrepentirnos. Otras veces me respondía que no, que si él me había hecho una oferta seria, tenía que respetar los términos, al precio que fuera.

Escuchando sus risotadas y las bromas que él repetía una y otra vez, lo conduje a una callejuela que yo había recorrido varias veces durante ese mes, buscando el mejor escenario para mi crimen, autorizado hasta esa mañana. Ni perros vagos circulaban por ahí a esas horas, en las que un leve resplandor, llegado desde las esquinas, apenas iluminaba la parte alta de las construcciones aledañas.

Sin que él se percatara, me puse los guantes de goma, saqué de entre mis ropas el cuchillo más afilado que encontré en casa y me acerqué por la espalda.

2

Inquieto, nervioso, angustiado, me faltaban calificativos para definir mi estado de ánimo durante los días siguientes. Incapaz de hace nada, en la oficina me limitaba a calentar el asiento. Por supuesto permanecí atento a lo que ocurría con el crimen del ejecutivo que tenía conmocionada a la ciudad. Por eso supe que, una semana después, luego de los peritajes del Instituto Médico Legal, entregaron el cadáver de Arturo para su sepultación. El informe pericial que apareció en la prensa roja, hablaba de "Muerte con arma corto punzante en la zona toráxica. Se perciben cuatro heridas". La conclusión policial hablaba de asesinato con arma blanca y motivo, el robo. Aunque yo no tomé ninguna pertenencia del finado, encontraron el cuerpo casi desnudo.

La empresa en la que él trabajaba se hizo cargo del funeral, al que asistí pensando en camuflarme entre la multitud que esperaba encontrar, pero en la iglesia éramos tan pocos, que resulté muy visible para todos. Sospeché que los que ocupaban la última corrida de asientos, como en la tele, eran policías buscando al asesino entre los asistentes, por lo que me acerqué hacia el altar y tomé asiento en la tercera fila.

Estaba inquieto. Me sentía cubierto de miradas de reproche, como si todos supieran que se encontraban ahí despidiendo a Arturo por mi culpa.

Al mirar hacia la primera fila, me llamó la atención una mujer joven, muy atractiva, vestida de traje negro y con anteojos oscuros. La acompañaba un hombre, que supuse su marido y dos niños pequeños. Al concluir la ceremonia, el hombre tomó el cajón de una de sus manillas y del grupo de los que parecían compañeros de trabajo, aparecieron cuatro más. Faltaba un portador. La dama atractiva se acercó a mí y me preguntó:

—¿Es usted mi tío Raimundo?

El reencuentro con Arturo había estado plagado de sorpresas, por lo que, una más, no me alteró demasiado, aunque sentí cómo mi pulso se elevaba.

—Sí, yo soy Raimundo Colima, pero no sabía que era su tío, añadí sonriendo, con un humor muy fuera de lugar en un sepelio.

—Mi nombre es Estefanía, usted era un gran amigo de mi padre. Me habló mucho de usted y en su teléfono vi una foto que se tomaron hace un mes, cuando se reunieron en su casa. Por eso lo reconocí. Para mí sería un honor que se incorporara a los que portan el ataúd.

Con las piernas temblando, caminé como un robot hasta el sitio en el que estaba el cuerpo de mi amigo y ella lo hizo a mi lado.

—Espero que nos acompañe al cementerio porque cuando todo esto termine, necesito que conversemos.

—Vine a pie, pero me las arreglaré de algún modo…

—Utilice nuestro auto. Nosotros viajaremos en el que pone a disposición la funeraria.

—No se moleste, tomaré un taxi.

—No es molestia, por el contrario, nos haría un favor. Después de dejar a mi padre para la cremación y de nuestra plática, lo llevaremos donde pueda tomar locomoción hasta su casa.

No me quedó otro remedio que aceptar. Pese al temor que me producía este encuentro, me sentía cautivo de esta mujer a la que recién conocía.

Mientras manejaba como un integrante más de la comitiva, mi mente divagaba respecto a qué querría conversar ella conmigo. Sentía pánico de decir algo que me delatara. Una semana antes yo había asesinado a su padre y algo me decía que ella conocía lo ocurrido. Mientras más nos acercábamos al cementerio, mayor era mi miedo. Siempre fui respetuoso de las leyes porque sentía un temor visceral a caer preso. Mentalmente repasaba los hechos del día de la muerte de Arturo, —no me gustaba llamarlo crimen porque se trataba de una situación consentida por él, aunque a última hora se arrepintiera— y pensaba en que todo estaba tan bien planificado, menos lo inesperado que apareció a última hora. La recuperación de la salud de mi amigo, echaba por tierra mis planes de un futuro mejor.

En el cementerio, la ceremonia fúnebre fue breve, trasladaron el cajón al cinerario y muy pronto nos encontramos con Estefanía caminando por entre las tumbas. Su marido y sus hijos lo hicieron en sentido opuesto, pretextando buscar la sepultura de otro pariente. Cuando quedamos solos, habló:

—Hace poco menos de un mes, mi padre contactó a todos sus hijos para que tuviésemos una reunión. Entiendo que por teléfono a todos nos explicó lo mismo. Estaba muy enfermo, con muchos dolores, con una calidad de vida horrible y una expectativa de sobrevivencia incierta. A la mencionada reunión fui la única que asistió.

Yo caminaba al lado de Estefanía sin saber adónde conducía este monólogo. Mi gran temor era que me condujera a la prisión.

—En la conversación que tuve con mi padre, al que no veía por lo menos desde hacía diez años, me ratificó su diagnóstico y las características de su dolencia. Me dijo además que, en vista de que yo era la única que había atendido su llamado, me heredaría todo aquello que la ley le permitiera. Ese mismo día acudimos a los bancos, me traspasó su dinero y luego nos dirigimos a una compañía, donde me nombró beneficiaria de dos pólizas de seguro de vida.

Al mencionar esto de las pólizas, sentí que las piernas me flaqueaban. Me imaginé como un títere utilizado por Arturo para cumplir su propósito y luego marginado, sin la recompensa prometida. Pero ella pronto me tranquilizó.

—Me dijo además que había una tercera póliza, en la que usted era el beneficiario, a cambio de un gran favor que debía hacerle. Me dijo que si él moría en forma trágica alrededor de la fecha en la que efectivamente falleció, quería decir que usted había cumplido su parte. No me quiso dar detalles respecto del favor, pero me aseguró que si todo ocurría como lo tenía previsto, usted se merecía con creces ese dinero.

No me salían las palabras. No se me ocurría qué decir, qué preguntar. ¿Sabría ella en qué consistía el "favor"? ¿Sabría que a última hora él se había arrepentido y que sin embargo, igualmente yo llevé a cabo el "trabajo"? ¿Hasta dónde Estefanía conocería la realidad?

—La verdad es que el favor solicitado por su padre fue muy difícil de cumplir, pero ya está hecho. Créame que, teniendo en cuenta la amistad que me unía con él, lo hubiese hecho sin necesidad de compensaciones. ¿Cuándo conversó con Arturo por última vez?

—La noche anterior a su muerte. Me llamó para despedirse, porque suponía que usted ya tenía todo planificado. Me imagino, tío, lo que le habrá costado cumplir con el extraño encargo de mi padre. Pero como usted dice, ya está hecho y puede permanecer tranquilo. Me insistió en lo mucho que estaba sufriendo por culpa de la maldita enfermedad y yo le agradezco a usted que haya hecho lo que las leyes le niegan a los enfermos terminales.

Lo que ella me decía me provocaba un estupor que estaba obligado a disimular. Si un día antes llamó a su hija para despedirse, ¿por qué me dijo que estaba sanando y que ya no era necesaria su ejecución? No entendía nada y sigo sin comprenderlo.

Dando por terminado el diálogo, Estefanía se acercó, me dio un beso en la mejilla y regresó junto a los suyos. Yo quedé perplejo. En realidad todo lo ocurrido en este tiempo, desde el reencuentro con Arturo, me tenía perplejo.

Después del sepelio, durante varios meses la inquietud me mantuvo insomne, inquieto. En el trabajo, por el que nunca sentí ningún apego, no rendía para nada, tanto que mi jefe me sugirió que tomara un descanso. Mientras estaba en casa, llegó la notificación de la aseguradora para que pasara por mi pago.

Ese día me vestí con mi mejor terno y llegué hacia mediodía por el dinero. Caminaba con el estómago apretado. A punto de dar vuelta la página de mis miserias, un extraño y mal presentimiento me invadía. Tanto que, al entrar a la oficina, tuve que pedir un baño. Mis tripas liberaron parte de la tensión, pero continuaba inquieto. Mientras esperaba a que me atendieran, sospechaba de todos. En unos veía policías listos para capturarme, en otros, asaltantes que esperaban a que cobrara mi dinero para robarme. Al final, me entregaron un vale vista para ser cobrado en una oficina bancaria o depositado en mí cuenta. Como no tenía una, opté por regresar a casa.

Temeroso a ser capturado o asaltado, durante varios días me mantuve encerrado en mi hogar y sólo cuando el documento estaba próximo a su vencimiento, me decidí y fui al banco. Por el monto, me llevaron a una oficina aparte y el ejecutivo me sugirió que abriera una cuenta para que no circulara con tanto dinero.

Empecé a percibir que con dinero todo se hace más fácil. Acepté y salí con una chequera y unas tarjetas que me permitirían circular casi sin efectivo en los bolsillos.

Con el paso del tiempo, poco a poco los temores se fueron disipando y fui adquiriendo una seguridad que antes no tenía. Compré una nueva casa a la que nos trasladamos con Doris, que no se explicaba de dónde salía el dinero para financiar tanta cosa moderna que invadía nuestro nuevo hogar.

Ese año, para la Navidad, recibí una única tarjeta de saludo. La remitía Estefanía. Debajo de las palabras impresas, sólo decía "Muchas Gracias". No supe cómo obtuvo mi nueva dirección, lo que me inquietó durante un tiempo, aunque no pasó nada. Durante muchos años continué recibiendo esa solitaria tarjeta y siempre con el "Muchas gracias" como único texto agregado de puño y letra.

Mi vida de familia se normalizó, la relación con mi mujer renovó bríos y el primer viaje que hicimos cuando jubilé fue a Machu Picchu. Pasado algún tiempo, un día Doris no resistió más y formuló la pregunta que la intrigaba quizás desde cuándo.

—Raimundo, amor mío, ¿le puedo preguntar de dónde ha salido todo este dinero?

La miré largamente antes de responder. En mi fuero íntimo hubiese preferido que nunca me lo hubiese preguntado, pero por su lealtad merecía alguna explicación.

—¿Recuerdas la visita de Arturo?

—¡Por supuesto! Si fue la primera vez que una persona importante pisaba nuestra casa —respondió.

—Entonces piensa que Arturo fue como mi hada madrina. Durante esa visita me tocó con su varita mágica y me abrió la puerta al mundo en el que vivimos hoy. Quizás algún día, cuando esté a punto de morir, te cuento todo lo que pasó durante ese reencuentro. Por el momento, creo que es mejor para los dos que nos dediquemos a disfrutar de nuestra buena fortuna.

Estoy escribiendo esta historia, para que Doris la lea, casi veinte años después, presintiendo la cercanía de la parca. Lo hago mientras contemplo extasiado, desde la ventana del hotel, las cataratas del Niágara.